French Classics in French and English

Gustave Flaubert

THREE TALES

Find us online:

French Classics in French and English page
on Facebook

Alexander Vassiliev's page
on Amazon.com and Amazon.co.uk

French Classics in French and English

THREE TALES
by Gustave Flaubert — ISBN: 978-0-9573462-2-2

THE TEMPTATION OF SAINT ANTHONY
by Gustave Flaubert — ISBN: 978-0-9573462-1-5

MADAME BOVARY
by Gustave Flaubert — ISBN: 978-0-9564010-5-2

THE LADY OF THE CAMELLIAS
by Alexandre Dumas fils — ISBN: 978-0-9573462-0-8

THE SHAGREEN SKIN
by Honoré de Balzac — ISBN: 978-0-9567749-9-6

PIERRE AND JEAN
by Guy de Maupassant — ISBN: 978-0-9567749-8-9

BEL-AMI
by Guy de Maupassant — ISBN: 978-0-9567749-5-8

SWANN'S WAY
by Marcel Proust — ISBN: 978-0-9567749-7-2

THE RED AND THE BLACK
by Stendhal — ISBN: 978-0-9567749-6-5

Find us online:

Russian Novels in Russian and English page
on Facebook

Alexander Vassiliev's page
on Amazon.com and Amazon.co.uk

Russian Classics in Russian and English

ANNA KARENINA (volume 1)
by Leo Tolstoy — ISBN: 978-0-9567749-3-4

ANNA KARENINA (volume 2)
by Leo Tolstoy — ISBN: 978-0-9567749-4-1

THE KREUTZER SONATA & THE DEATH OF IVAN ILYICH
by Leo Tolstoy — ISBN: 978-0-9564010-6-9

CRIME AND PUNISHMENT
by Fyodor Dostoevsky — ISBN: 978-0-9567749-2-7

NOTES FROM UNDERGROUND
by Fyodor Dostoevsky — ISBN: 978-0-9564010-8-3

DEAD SOULS
by Nikolai Gogol — ISBN: 978-0-9567749-1-0

THE LADY WITH THE DOG & OTHER STORIES
by Anton Chekhov — ISBN: 978-0-9564010-7-6

PLAYS
by Anton Chekhov — ISBN: 978-0-9564010-3-8

A HERO OF OUR TIME
by Mikhail Lermontov — ISBN: 978-0-9564010-4-5

THE TORRENTS OF SPRING
by Ivan Turgenev — ISBN: 978-0-9564010-9-0

FIRST LOVE & ASYA
by Ivan Turgenev — ISBN: 978-0-9567749-0-3

Contents

A Simple Heart   8

The Legend of Saint Julian The Hospitaller   56

Herodias   96

Un cœur simple

I

Pendant un demi-siècle, les bourgeoises de Pont-l'Évêque envièrent à Mme Aubain sa servante Félicité.

Pour cent francs par an, elle faisait la cuisine et le ménage, cousait, lavait, repassait, savait brider un cheval, engraisser les volailles, battre le beurre, et resta fidèle à sa maîtresse,—qui cependant n'était pas une personne agréable.

Elle avait épousé un beau garçon sans fortune, mort au commencement de 1809, en lui laissant deux enfants très jeunes avec une quantité de dettes. Alors elle vendit ses immeubles, sauf la ferme de Toucques et la ferme de Geffosses, dont les rentes montaient à 5 000 francs tout au plus, et elle quitta sa maison de Saint-Melaine pour en habiter une autre moins dispendieuse, ayant appartenu à ses ancêtres et placée derrière les halles.

Cette maison, revêtue d'ardoises, se trouvait entre un passage et une ruelle aboutissant à la rivière. Elle avait intérieurement des différences de niveau qui faisaient trébucher. Un vestibule étroit séparait la cuisine de la *salle* où Mme Aubain se tenait tout le long du jour, assise près de la croisée dans un fauteuil de paille. Contre le lambris, peint en blanc, s'alignaient huit chaises d'acajou. Un vieux piano supportait, sous un baromètre, un tas pyramidal de boîtes et de cartons. Deux bergères de tapisserie flanquaient la cheminée en marbre jaune et de style Louis XV. La pendule, au milieu, représentait un temple de Vesta;—et tout l'appartement sentait un peu le moisi, car le plancher était plus bas que le jardin.

Au premier étage, il y avait d'abord la chambre de «Madame», très grande, tendue d'un papier à fleurs pâles, et contenant le portrait de «Monsieur» en costume de muscadin. Elle communiquait avec une chambre plus petite, où l'on voyait deux couchettes d'enfants, sans matelas. Puis venait le salon, toujours fermé, et rempli de meubles recouverts d'un drap. Ensuite un corridor menait à un cabinet d'étude; des livres et des paperasses garnissaient les rayons d'une bibliothèque entourant de ses trois côtés un large bureau de bois noir. Les deux panneaux en retour disparaissaient sous des dessins à la plume, des paysages à la gouache et des gravures d'Audran, souvenirs d'un

A Simple Heart

I

For half a century the ladies of Pont-l'Évêque had envied Madame Aubain her servant Félicité.

For a hundred francs a year, she cooked and did the housework, sewed, washed, ironed, harnessed the horse, fattened the poultry, made the butter and remained faithful to her mistress—although the latter was by no means an agreeable person.

Madame Aubain had married a comely youth without any money, who died at the beginning of 1809, leaving her with two very young children and a number of debts. She sold her properties excepting the farm of Toucques and the farm of Geffosses, the income of which barely amounted to 5,000 francs; then she left her house in Saint-Melaine, and moved into a less pretentious one which had belonged to her ancestors and stood back of the market-place.

This house, with its slate-covered roof, was built between a passage-way and a narrow street that led to the river. The interior was so unevenly graded that it caused people to stumble. A narrow hall separated the kitchen from the *parlour*, where Madame Aubain sat all day in a straw armchair near the window. Eight mahogany chairs stood in a row against the white wainscoting. An old piano, standing beneath a barometer, was covered with a pyramid of old books and boxes. On either side of the yellow marble mantelpiece, in Louis XV style, stood a tapestry armchair. The clock, in the middle, represented a temple of Vesta; and the whole room smelled musty, as it was on a lower level than the garden.

On the first floor was 'Madame's' bedchamber, a very large room papered in a pale flower design and containing the portrait of 'Monsieur' dressed in the costume of a dandy. It communicated with a smaller room, in which there were two little cribs, without any mattresses. Next, came the parlour (always closed), filled with furniture covered with sheets. Then a hall, which led to the study, where books and papers were piled on the shelves of a book-case that enclosed three quarters of the big black desk. Two panels were entirely hidden under pen-and-ink sketches, Gouache landscapes and Audran engravings, relics of better times and vanished luxury. On the sec-

temps meilleur et d'un luxe évanoui. Une lucarne au second étage éclairait la chambre de Félicité, ayant vue sur les prairies.

Elle se levait dès l'aube, pour ne pas manquer la messe, et travaillait jusqu'au soir sans interruption; puis, le dîner étant fini, la vaisselle en ordre et la porte bien close, elle enfouissait la bûche sous les cendres et s'endormait devant l'âtre, son rosaire à la main. Personne, dans les marchandages, ne montrait plus d'entêtement. Quant à la propreté, le poli de ses casseroles faisait le désespoir des autres servantes. Économe, elle mangeait avec lenteur, et recueillait du doigt sur la table les miettes de son pain,—un pain de douze livres, cuit exprès pour elle, et qui durait vingt jours.

En toute saison elle portait un mouchoir d'indienne fixé dans le dos par une épingle, un bonnet lui cachant les cheveux, des bas gris, un jupon rouge, et par-dessus sa camisole un tablier à bavette, comme les infirmières d'hôpital.

Son visage était maigre et sa voix aiguë. À vingt-cinq ans, on lui en donnait quarante. Dès la cinquantaine, elle ne marqua plus aucun âge;—et, toujours silencieuse, la taille droite et les gestes mesurés, semblait une femme en bois, fonctionnant d'une manière automatique.

II

Elle avait eu, comme une autre, son histoire d'amour. Son père, un maçon, s'était tué en tombant d'un échafaudage. Puis sa mère mourut, ses sœurs se dispersèrent, un fermier la recueillit, et l'employa toute petite à garder les vaches dans la campagne. Elle grelottait sous des haillons, buvait à plat ventre l'eau des mares, à propos de rien était battue, et finalement fut chassée pour un vol de trente sols, qu'elle n'avait pas commis. Elle entra dans une autre ferme, y devint fille de basse-cour, et, comme elle plaisait aux patrons, ses camarades la jalousaient.

Un soir du mois d'août (elle avait alors dix-huit ans), ils l'entraînèrent à l'assemblée de Colleville. Tout de suite elle fut étourdie, stupéfaite par le tapage des ménétriers, les lumières dans les arbres, la bigarrure des costumes, les dentelles, les croix d'or, cette masse de monde sautant à la fois. Elle se tenait à l'écart modestement, quand un jeune homme d'apparence cossue, et qui fumait sa pipe les deux coudes sur le timon d'un banneau, vint l'inviter à la danse. Il lui paya du cidre, du café, de la galette, un foulard, et, s'imaginant qu'elle le devinait, offrit de la reconduire. Au bord d'un champ d'avoine, il la renversa brutalement. Elle eut peur et se mit à crier. Il s'éloigna.

Un autre soir, sur la route de Beaumont, elle voulut dépasser un grand chariot de foin qui avançait lentement, et en frôlant les roues elle reconnut Théodore.

Il l'aborda d'un air tranquille, disant qu'il fallait tout pardonner, puisque c'était «la faute de la boisson».

ond floor, a garret-window lighted Félicité's room, which looked out upon the meadows.

She arose at daybreak, in order to attend mass, and she worked without interruption until night; then, when dinner was over, the dishes cleared away and the door securely locked, she would bury the log under the ashes and fall asleep in front of the hearth with a rosary in her hand. Nobody could bargain with greater obstinacy, and as for cleanliness, the lustre on her brass saucepans was the envy and despair of other servants. She was most economical, and when she ate she would gather up crumbs with the tip of her finger, so that nothing should be wasted of the loaf of bread weighing twelve pounds which was baked especially for her and lasted twenty days.

Summer and winter she wore a dimity kerchief fastened in the back with a pin, a cap which concealed her hair, a red skirt, grey stockings, and an apron with a bib like those worn by hospital nurses.

Her face was thin and her voice shrill. When she was twenty-five, she looked forty. After she had passed fifty, nobody could tell her age; erect and silent always, with her measured gestures, she resembled a wooden woman working automatically.

II

Like every other woman, she had had an affair of the heart. Her father, who was a mason, was killed by falling from a scaffolding. Then her mother died and her sisters went their different ways; a farmer took her in, and while she was quite small, let her keep cows in the fields. She shivered in miserable rags, drank water from ponds lying flat on her stomach, was beaten for no reason and finally dismissed for a theft of thirty sous which she did not commit. She took service on another farm where she tended the poultry; and as she was well thought of by her master, her fellow-workers soon grew jealous.

One evening in August (she was then eighteen years old), they persuaded her to accompany them to the fete at Colleville. She was immediately dazzled by the noise, the lights in the trees, the brightness of the dresses, the laces and gold crosses, and the crowd of people all hopping at the same time. She was standing modestly at a distance, when presently a young man of well-to-do appearance, who had been leaning on the pole of a wagon and smoking his pipe, approached her, and asked her for a dance. He treated her to cider and cake, bought her a silk shawl, and then, thinking she had guessed his purpose, offered to see her home. When they came to the end of a field he threw her down brutally. But she grew frightened and screamed, and he walked off.

One evening, on the road leading to Beaumont, she came upon a large hay wagon moving slowly along, and when she overtook it, she recognized Théodore.

He greeted her calmly, and asked her to forget what had happened between them, as it "was all the fault of the drink."

Elle ne sut que répondre et avait envie de s'enfuir.

Aussitôt il parla des récoltes et des notables de la commune, car son père avait abandonné Colleville pour la ferme des Écots, de sorte que maintenant ils se trouvaient voisins.—«Ah!» dit-elle. Il ajouta qu'on désirait l'établir. Du reste, il n'était pas pressé, et attendait une femme à son goût. Elle baissa la tête. Alors il lui demanda si elle pensait au mariage. Elle reprit, en souriant, que c'était mal de se moquer.—«Mais non, je vous jure!» et du bras gauche il lui entoura la taille; elle marchait soutenue par son étreinte; ils se ralentirent. Le vent était mou, les étoiles brillaient, l'énorme charretée de foin oscillait devant eux; et les quatre chevaux, en traînant leurs pas, soulevaient de la poussière. Puis, sans commandement, ils tournèrent à droite. Il l'embrassa encore une fois. Elle disparut dans l'ombre.

Théodore, la semaine suivante, en obtint des rendez-vous.

Ils se rencontraient au fond des cours, derrière un mur, sous un arbre isolé. Elle n'était pas innocente à la manière des demoiselles,—les animaux l'avaient instruite; —mais la raison et l'instinct de l'honneur l'empêchèrent de faillir. Cette résistance exaspéra l'amour de Théodore, si bien que pour le satisfaire (ou naïvement peut-être) il proposa de l'épouser. Elle hésitait à le croire. Il fit de grands serments.

Bientôt il avoua quelque chose de fâcheux: ses parents, l'année dernière, lui avaient acheté un homme; mais d'un jour à l'autre on pourrait le reprendre; l'idée de servir l'effrayait. Cette couardise fut pour Félicité une preuve de tendresse; la sienne en redoubla. Elle s'échappait la nuit, et, parvenue au rendez-vous, Théodore la torturait avec ses inquiétudes et ses instances.

Enfin, il annonça qu'il irait lui-même à la Préfecture prendre des informations, et les apporterait dimanche prochain entre onze heures et minuit.

Le moment arrivé, elle courut vers l'amoureux.

À sa place, elle trouva un de ses amis.

Il lui apprit qu'elle ne devait plus le revoir. Pour se garantir de la conscription, Théodore avait épousé une vieille femme très riche, Mme Lehoussais, de Toucques.

Ce fut un chagrin désordonné. Elle se jeta par terre, poussa des cris, appela le bon Dieu, et gémit toute seule dans la campagne jusqu'au soleil levant. Puis elle revint à la ferme, déclara son intention d'en partir; et, au bout du mois, ayant reçu ses comptes, elle enferma tout son petit bagage dans un mouchoir, et se rendit à Pont-l'Évêque.

Devant l'auberge, elle questionna une bourgeoise en capeline de veuve, et qui précisément cherchait une cuisinière. La jeune fille ne savait pas grand-chose, mais paraissait avoir tant de bonne volonté et si peu d'exigences, que Mme Aubain finit par dire:

—«Soit, je vous accepte!»

Félicité, un quart d'heure après, était installée chez elle.

D'abord elle y vécut dans une sorte de tremblement que lui causaient «le genre de la maison» et le souvenir de «Monsieur», planant sur tout! Paul et

She did not know what to reply and wished to run away.

Immediately he began to speak of the harvest and of the notables of the village; his father had left Colleville and bought the farm of Les Écots, so that now they would be neighbours. "Ah!" she said. He then added that his parents were looking around for a wife for him, but that he, himself, was not so anxious and preferred to wait for a girl who suited him. She hung her head. He then asked her whether she had ever thought of marrying. She replied, smilingly, that it was wrong of him to make fun of her. "Oh! no, I am in earnest," he said, and put his left arm around her waist while they sauntered along. The air was soft, the stars were bright, and the huge load of hay oscillated in front of them, drawn by four horses whose ponderous hoofs raised clouds of dust. Without a word from their driver they turned to the right. He kissed her again. She disappeared into the darkness.

The following week, Théodore obtained meetings.

They met in yards, behind walls or under isolated trees. She was not ignorant, as girls of well-to-do families are—for the animals had instructed her;—but her reason and her instinct of honour kept her from falling. Her resistance exasperated Théodore's love and so in order to satisfy it (or maybe naively), he offered to marry her. She would not believe him at first, so he made solemn promises.

But, in a short time he mentioned a difficulty; the previous year, his parents had purchased a substitute for him; but any day he might be drafted and the prospect of serving in the army alarmed him greatly. To Félicité his cowardice appeared a proof of his love for her, and her devotion to him grew stronger. When she met him at night, Théodore would torture her with his fears and his entreaties.

At last, he announced that he was going to the Préfecture himself for information, and would let her know everything on the following Sunday, between eleven o'clock and midnight.

When the time drew near, she ran to meet her lover.

But instead of Théodore, one of his friends was at the meeting-place.

He informed her that she would never see her sweetheart again; for, in order to escape the conscription, he had married a rich old woman, Madame Lehoussais, of Toucques.

The poor girl's sorrow was frightful. She threw herself on the ground, she cried and called on the Lord, and wandered around desolately until sunrise. Then she went back to the farm, declared her intention of leaving, and at the end of the month, after she had received her wages, she packed all her belongings in a handkerchief and started for Pont-l'Évêque.

In front of the inn, she met a woman wearing widow's capeline, and upon questioning her, learned that she was looking for a cook. The girl did not know very much, but appeared so willing and so modest in her requirements, that Madame Aubain finally said:

"Very well, I take you!"

A quarter of an hour later Félicité was installed in her house.

At first she lived in a constant anxiety that was caused by "the style of the household" and the memory of "Monsieur," that hovered over every-

Virginie, l'un âgé de sept ans, l'autre de quatre à peine, lui semblaient formés d'une matière précieuse; elle les portait sur son dos comme un cheval, et Mme Aubain lui défendit de les baiser à chaque minute, ce qui la mortifia. Cependant elle se trouvait heureuse. La douceur du milieu avait fondu sa tristesse.

Tous les jeudis, des habitués venaient faire une partie de boston. Félicité préparait d'avance les cartes et les chaufferettes. Ils arrivaient à huit heures bien juste, et se retiraient avant le coup de onze.

Chaque lundi matin, le brocanteur qui logeait sous l'allée étalait par terre ses ferrailles. Puis la ville se remplissait d'un bourdonnement de voix, où se mêlaient des hennissements de chevaux, des bêlements d'agneaux, des grognements de cochons, avec le bruit sec des carrioles dans la rue. Vers midi, au plus fort du marché, on voyait paraître sur le seuil un vieux paysan de haute taille, la casquette en arrière, le nez crochu, et qui était Robelin, le fermier de Geffosses. Peu de temps après,—c'était Liébard, le fermier de Toucques, petit, rouge, obèse, portant une veste grise et des houseaux armés d'éperons.

Tous deux offraient à leur propriétaire des poules ou des fromages. Félicité invariablement déjouait leurs astuces; et ils s'en allaient pleins de considération pour elle.

À des époques indéterminées, Mme Aubain recevait la visite du marquis de Gremanville, un de ses oncles, ruiné par la crapule et qui vivait à Falaise sur le dernier lopin de ses terres. Il se présentait toujours à l'heure du déjeuner, avec un affreux caniche dont les pattes salissaient tous les meubles. Malgré ses efforts pour paraître gentilhomme jusqu'à soulever son chapeau chaque fois qu'il disait: «Feu mon père,» l'habitude l'entraînant, il se versait à boire coup sur coup, et lâchait des gaillardises. Félicité le poussait dehors poliment: «Vous en avez assez, Monsieur de Gremanville! À une autre fois!» Et elle refermait la porte.

Elle l'ouvrait avec plaisir devant M. Bourais, ancien avoué. Sa cravate blanche et sa calvitie, le jabot de sa chemise, son ample redingote brune, sa façon de priser en arrondissant le bras, tout son individu lui produisait ce trouble où nous jette le spectacle des hommes extraordinaires.

Comme il gérait les propriétés de «Madame», il s'enfermait avec elle pendant des heures dans le cabinet de «Monsieur», et craignait toujours de se compromettre, respectait infiniment la magistrature, avait des prétentions au latin.

Pour instruire les enfants d'une manière agréable, il leur fit cadeau d'une géographie en estampes. Elles représentaient différentes scènes du monde, des anthropophages coiffés de plumes, un singe enlevant une demoiselle, des Bédouins dans le désert, une baleine qu'on harponnait, etc.

Paul donna l'explication de ces gravures à Félicité. Ce fut même toute son éducation littéraire.

Celle des enfants était faite par Guyot, un pauvre diable employé à la Mairie, fameux pour sa belle main, et qui repassait son canif sur sa botte.

Quand le temps était clair, on s'en allait de bonne heure à la ferme de Geffosses.

thing! Paul and Virginia, the one aged seven, and the other barely four, seemed made of some precious material; she carried them pig-a-back, and was greatly mortified when Madame Aubain forbade her to kiss them every other minute. But in spite of all this, she was happy. The comfort of her new surroundings had obliterated her sadness.

Every Thursday, friends of Madame Aubain dropped in for a game of boston, and it was Félicité's duty to prepare the table and heat the foot-warmers. They arrived at exactly eight o'clock and departed before eleven.

Every Monday morning, the dealer in second-hand goods, who lived under the alley-way, spread out his wares on the sidewalk. Then the city would be filled with a buzzing of voices in which the neighing of horses, the bleating of lambs, the grunting of pigs, could be distinguished, mingled with the sharp sound of wheels on the cobble-stones. About twelve o'clock, when the market was in full swing, there appeared at the front door a tall, middle-aged peasant, with a hooked nose and a cap on the back of his head; it was Robelin, the farmer of Geffosses. Shortly afterwards came Liébard, the farmer of Toucques, short, rotund and ruddy, wearing a grey jacket and spurred boots.

Both men brought their landlady either chickens or cheese. Félicité would invariably thwart their ruses and they held her in great respect.

At various times, Madame Aubain received a visit from the Marquis de Gremanville, one of her uncles, who was ruined and lived at Falaise on the remainder of his estates. He always came at lunch time and brought an ugly poodle with him, whose paws soiled the furniture. In spite of his efforts to appear a man of breeding (he even went so far as to raise his hat every time he said "My deceased father"), his habits got the better of him, and he would fill his glass a little too often and relate broad stories. Félicité would show him out very politely and say: "You have had enough for this time, Monsieur de Gremanville! Hoping to see you again!" and would close the door.

She opened it gladly for Monsieur Bourais, a retired lawyer. His bald head and white cravat, the ruffling of his shirt, his flowing brown coat, the manner in which he took his snuff, his whole person, in fact, produced in her the kind of awe which we feel when we see extraordinary men.

As he managed 'Madame's' estates, he spent hours with her in 'Monsieur's' study; he was in constant fear of being compromised, had a great regard for the magistracy and some pretensions to knowing Latin.

In order to facilitate the children's studies, he presented them with an engraved geography which represented various scenes of the world: cannibals with feather head-dresses, a gorilla kidnapping a young girl, Bedouins in the desert, a whale being harpooned, etc.

Paul explained the pictures to Félicité. And, in fact, this was her only literary education.

The children's studies were under the direction of Guyot, a poor devil employed at the town-hall, who sharpened his pocket-knife on his boots and was famous for his fine handwriting.

When the weather was fine, they went early to the farm at Geffosses.

La cour est en pente, la maison dans le milieu; et la mer, au loin, apparaît comme une tache grise.

Félicité retirait de son cabas des tranches de viande froide, et on déjeunait dans un appartement faisant suite à la laiterie. Il était le seul reste d'une habitation de plaisance, maintenant disparue. Le papier de la muraille en lambeaux tremblait aux courants d'air. Mme Aubain penchait son front, accablée de souvenirs; les enfants n'osaient plus parler. «Mais jouez donc!» disait-elle; ils décampaient.

Paul montait dans la grange, attrapait des oiseaux, faisait des ricochets sur la mare, ou tapait avec un bâton les grosses futailles qui résonnaient comme des tambours.

Virginie donnait à manger aux lapins, se précipitait pour cueillir des bleuets, et la rapidité de ses jambes découvrait ses petits pantalons brodés.

Un soir d'automne, on s'en retourna par les herbages.

La lune à son premier quartier éclairait une partie du ciel, et un brouillard flottait comme une écharpe sur les sinuosités de la Toucques. Des bœufs, étendus au milieu du gazon, regardaient tranquillement ces quatre personnes passer. Dans la troisième pâture quelques-uns se levèrent, puis se mirent en rond devant elles.—«Ne craignez rien!» dit Félicité; et, murmurant une sorte de complainte, elle flatta sur l'échine celui qui se trouvait le plus près; il fit volte-face, les autres l'imitèrent. Mais, quand l'herbage suivant fut traversé, un beuglement formidable s'éleva. C'était un taureau, que cachait le brouillard. Il avança vers les deux femmes. Mme Aubain allait courir.—«Non! non! moins vite!» Elles pressaient le pas cependant, et entendaient par-derrière un souffle sonore qui se rapprochait. Ses sabots, comme des marteaux, battaient l'herbe de la prairie; voilà qu'il galopait maintenant! Félicité se retourna, et elle arrachait à deux mains des plaques de terre qu'elle lui jetait dans les yeux. Il baissait le mufle, secouait les cornes et tremblait de fureur en beuglant horriblement. Mme Aubain, au bout de l'herbage avec ses deux petits, cherchait éperdue comment franchir le haut bord. Félicité reculait toujours devant le taureau, et continuellement lançait des mottes de gazon qui l'aveuglaient, tandis qu'elle criait:—«Dépêchez-vous! Dépêchez-vous!»

Mme Aubain descendit le fossé, poussa Virginie, Paul ensuite, tomba plusieurs fois en tâchant de gravir le talus, et à force de courage y parvint.

Le taureau avait acculé Félicité contre une claire-voie; sa bave lui rejaillissait à la figure, une seconde de plus il l'éventrait. Elle eut le temps de se couler entre deux barreaux, et la grosse bête, toute surprise, s'arrêta.

Cet événement, pendant bien des années, fut un sujet de conversation à Pont-l'Évêque. Félicité n'en tira aucun orgueil, ne se doutant même pas qu'elle eût rien fait d'héroïque.

Virginie l'occupait exclusivement;—car elle eut, à la suite de son effroi, une affection nerveuse, et M. Poupart, le docteur, conseilla les bains de mer de Trouville.

The house was built in the centre of the sloping yard; and the sea looked like a grey spot in the distance.

Félicité would take slices of cold meat from the lunch basket and they would sit down and eat in a room next to the dairy. This room was all that remained of a cottage that had been torn down. The dilapidated wall-paper trembled in the drafts. Madame Aubain, overwhelmed by recollections, would hang her head, while the children were afraid to open their mouths. Then, "Why don't you go and play?" she would say; and they would scamper off.

Paul would go to the old barn, catch birds, throw stones into the pond, or pound the trunks of the trees with a stick till they resounded like drums.

Virginia would feed the rabbits and run to pick the wild flowers in the fields, and her flying legs would disclose her little embroidered pantalettes.

One autumn evening, they struck out for home through the meadows.

The new moon illumined part of the sky and a mist hovered like a veil over the sinuosities of the river Toucques. Oxen, lying in the pastures, gazed mildly at the four passing persons. In the third field, however, several of them got up and surrounded them. "Don't be afraid!" said Félicité; and murmuring a sort of lament she passed her hand over the back of the nearest ox; he turned away and the others followed. But when they came to the next pasture, they heard frightful bellowing. It was a bull which was hidden from them by the fog. He advanced towards the two women, and Madame Aubain prepared to flee for her life. "No, no! not so fast!" Still they hurried on, for they could hear the noisy breathing of the bull close behind them. His hoofs pounded the grass like hammers, and presently he began to gallop! Félicité turned around, grabbed with her two hands clods of earth and threw them in his eyes. He hung his snout, shook his horns and shuddered with fury, bellowing horribly. Madame Aubain and the children, huddled at the end of the field, were trying to get over the high edge. Félicité continued to back before the bull, blinding him with dirt, while she shouted to them: "Hurry up! Hurry up!"

Madame Aubain finally slid into the ditch, after shoving first Virginia and then Paul into it, and though she stumbled several times she managed, by dint of courage, to climb the other side of it.

The bull had driven Félicité up against a fence; the foam from his muzzle flew in her face and in another minute he would have disembowelled her. She had just time to slip between two bars and the huge animal, thwarted, paused.

For years, this occurrence was a topic of conversation in Pont-l'Évêque. But Félicité took no credit to herself, and probably never knew that she had been heroic.

Virginia occupied her thoughts solely, for the shock she had sustained gave her a nervous affection, and the physician, M. Poupart, prescribed the saltwater bathing at Trouville.

Dans ce temps-là, ils n'étaient pas fréquentés. Mme Aubain prit des renseignements, consulta Bourais, fit des préparatifs comme pour un long voyage.

Ses colis partirent la veille, dans la charrette de Liébard. Le lendemain, il amena deux chevaux dont l'un avait une selle de femme, munie d'un dossier de velours; et sur la croupe du second un manteau roulé formait une manière de siège. Mme Aubain y monta, derrière lui. Félicité se chargea de Virginie, et Paul enfourcha l'âne de M. Lechaptois, prêté sous la condition d'en avoir grand soin.

La route était si mauvaise que ses huit kilomètres exigèrent deux heures. Les chevaux enfonçaient jusqu'aux paturons dans la boue, et faisaient pour en sortir de brusques mouvements des hanches; ou bien ils buttaient contre les ornières; d'autres fois, il leur fallait sauter. La jument de Liébard, à de certains endroits, s'arrêtait tout à coup. Il attendait patiemment qu'elle se remît en marche; et il parlait des personnes dont les propriétés bordaient la route, ajoutant à leur histoire des réflexions morales. Ainsi, au milieu de Toucques, comme on passait sous des fenêtres entourées de capucines, il dit, avec un haussement d'épaules:—«En voilà une Mme Lehoussais, qui au lieu de prendre un jeune homme...» Félicité n'entendit pas le reste; les chevaux trottaient, l'âne galopait; tous enfilèrent un sentier, une barrière tourna, deux garçons parurent, et l'on descendit devant le purin, sur le seuil même de la porte.

La mère Liébard, en apercevant sa maîtresse, prodigua les démonstrations de joie. Elle lui servit un déjeuner où il y avait un aloyau, des tripes, du boudin, une fricassée de poulet, du cidre mousseux, une tarte aux compotes et des prunes à l'eau-de-vie, accompagnant le tout de politesses à Madame qui paraissait en meilleure santé, à Mademoiselle devenue «magnifique», à M. Paul singulièrement «forci», sans oublier leurs grands-parents défunts que les Liébard avaient connus, étant au service de la famille depuis plusieurs générations. La ferme avait, comme eux, un caractère d'ancienneté. Les poutrelles du plafond étaient vermoulues, les murailles noires de fumée, les carreaux gris de poussière. Un dressoir en chêne supportait toutes sortes d'ustensiles, des brocs, des assiettes, des écuelles d'étain, des pièges à loup, des forces pour les moutons; une seringue énorme fit rire les enfants. Pas un arbre des trois cours qui n'eût des champignons à sa base, ou dans ses rameaux une touffe de gui. Le vent en avait jeté bas plusieurs. Ils avaient repris par le milieu; et tous fléchissaient sous la quantité de leurs pommes. Les toits de paille, pareils à du velours brun et inégaux d'épaisseur, résistaient aux plus fortes bourrasques. Cependant la charreterie tombait en ruines. Mme Aubain dit qu'elle aviserait, et commanda de reharnacher les bêtes.

On fut encore une demi-heure avant d'atteindre Trouville. La petite caravane mit pied à terre pour passer les *Écores*; c'était une falaise surplombant des bateaux; et trois minutes plus tard, au bout du quai, on entra dans la cour de l'*Agneau d'or*, chez la mère David.

In those days, Trouville was not greatly patronized. Madame Aubain gathered information, consulted Bourais, and made preparations as if they were going on a long trip.

The baggage was sent the day before on Liébard's cart. On the following morning, he brought around two horses, one of which had a woman's saddle with a velveteen back to it, while on the crupper of the other was a rolled shawl that was to be used for a seat. Madame Aubain mounted the second horse, behind Liébard. Félicité took charge of Virginia, and Paul rode M. Lechaptois' donkey, which had been lent for the occasion on the condition that they should be careful of it.

The road was so bad that it took two hours to cover the eight kilometres. The horses sank up to the pasterns in the mud, and to free themselves made brusque movements with their haunches; or else they stumbled against the hedges; other times they had to jump over them. In certain places, Liébard's mare stopped abruptly. He waited patiently till she started again, and talked of the people whose estates bordered the road, adding his own moral reflections to their histories. Thus, in the middle of Toucques as they passed under windows surrounded by nasturtiums, he shrugged his shoulders and said: "There's a woman, Madame Lehoussais, who, instead of taking a young man..." Felicity did not hear the rest; the horses trotted, the donkey galloped, and they turned into a lane; then a gate swung open, two farm-hands appeared, and they got down beside the dung water on the very threshold of the door.

Mother Liébard, when she caught sight of her mistress, was lavish with joyful demonstrations. She got up a lunch which comprised a leg of mutton, tripe, sausages, a chicken fricassee, sparkling cider, a fruit tart and plums in brandy; then to all this the good woman added polite remarks about Madame, who appeared to be in better health, Mademoiselle, who had grown to be "magnificent," and Paul, who had become singularly "sturdy"; without forgetting their late grandparents, whom the Liébards had known, being in the service of the family for several generations. Like its owners, the farm had an ancient appearance. The beams of the ceiling were mouldy, the walls black with smoke and the windows grey with dust. An oak dresser carried all sorts of utensils, jugs, plates, tin bowls, wolf traps, sheep shears; an enormous syringe made the children laugh. There was not a tree in the three yards that did not have mushrooms growing around its foot, or a bunch of mistletoe hanging in its branches. Several of the trees had been blown down, but they had started to grow in the middle and all were laden with quantities of apples. The thatched roofs, which were of unequal thickness, looked like brown velvet and could resist the fiercest gales. But the wagon-shed was crumbling to ruins. Madame Aubain said that she would attend to it, and then gave orders to have the beasts saddled.

It took another thirty minutes to reach Trouville. The little caravan dismounted in order to pass *Les Écores*, it was a cliff overhanging the ships, and three minutes later, at the end of the dock, they entered the yard of the *Golden Lamb*, an inn kept by Mother David.

Virginie, dès les premiers jours, se sentit moins faible, résultat du changement d'air et de l'action des bains. Elle les prenait en chemise, à défaut d'un costume; et sa bonne la rhabillait dans une cabane de douanier qui servait aux baigneurs.

L'après-midi, on s'en allait avec l'âne au-delà des Roches-Noires, du côté d'Hennequeville. Le sentier, d'abord, montait entre des terrains vallonnés comme la pelouse d'un parc, puis arrivait sur un plateau où alternaient des pâturages et des champs en labour. À la lisière du chemin, dans le fouillis des ronces, des houx se dressaient; çà et là, un grand arbre mort faisait sur l'air bleu des zigzags avec ses branches.

Presque toujours on se reposait dans un pré, ayant Deauville à gauche, le Havre à droite et en face la pleine mer. Elle était brillante de soleil, lisse comme un miroir, tellement douce qu'on entendait à peine son murmure; des moineaux cachés pépiaient et la voûte immense du ciel recouvrait tout cela. Mme Aubain, assise, travaillait à son ouvrage de couture; Virginie près d'elle tressait des joncs; Félicité sarclait des fleurs de lavande; Paul, qui s'ennuyait, voulait partir.

D'autres fois, ayant passé la Touques en bateau, ils cherchaient des coquilles. La marée basse laissait à découvert des oursins, des godefiches, des méduses; et les enfants couraient, pour saisir des flocons d'écume que le vent emportait. Les flots endormis, en tombant sur le sable, se déroulaient le long de la grève; elle s'étendait à perte de vue, mais du côté de la terre avait pour limite les dunes la séparant du *Marais*, large prairie en forme d'hippodrome. Quand ils revenaient par là, Trouville, au fond sur la pente du coteau, à chaque pas grandissait, et avec toutes ses maisons inégales semblait s'épanouir dans un désordre gai.

Les jours qu'il faisait trop chaud, ils ne sortaient pas de leur chambre. L'éblouissante clarté du dehors plaquait des barres de lumière entre les lames des jalousies. Aucun bruit dans le village. En bas, sur le trottoir, personne. Ce silence épandu augmentait la tranquillité des choses. Au loin, les marteaux des calfats tamponnaient des carènes, et une brise lourde apportait la senteur du goudron.

Le principal divertissement était le retour des barques. Dès qu'elles avaient dépassé les balises, elles commençaient à louvoyer. Leurs voiles descendaient aux deux tiers des mâts; et, la misaine gonflée comme un ballon, elles avançaient, glissaient dans le clapotement des vagues, jusqu'au milieu du port, où l'ancre tout à coup tombait. Ensuite le bateau se plaçait contre le quai. Les matelots jetaient par-dessus le bordage des poissons palpitants; une file de charrettes les attendait, et des femmes en bonnet de coton s'élançaient pour prendre les corbeilles et embrasser leurs hommes.

Une d'elles, un jour, aborda Félicité, qui peu de temps après entra dans la chambre, toute joyeuse. Elle avait retrouvé une sœur; et Nastasie Barette, femme Leroux, apparut, tenant un nourrisson à sa poitrine, de la main droite un autre enfant, et à sa gauche un petit mousse les poings sur les hanches et le béret sur l'oreille.

Au bout d'un quart d'heure, Mme Aubain la congédia.

From the beginning, Virginia felt stronger, owing to the change of air and the action of the sea-baths. She took them in her little chemise, as she had no bathing suit, and afterwards her nurse dressed her in the cabin of a customs officer, which was used for that purpose by other bathers.

In the afternoon, they would take the donkey and go to the Roches-Noires, near Hennequeville. The path led at first through land undulating like the lawns of a park, then arrived at a plateau, where pastures and tilled fields alternated. At the edge of the road, mingling with the brambles, grew holly bushes, and here and there stood large dead trees whose branches traced zigzags upon the blue air.

Ordinarily, they rested in a field facing the ocean, with Deauville on their left, and Havre on their right. The sea glittered brightly in the sun and was as smooth as a mirror, and so calm that they could scarcely distinguish its murmur; sparrows chirped joyfully and the immense canopy of heaven spread over it all. Madame Aubain, seated, would work at her sewing, and Virginia amused herself by braiding reeds; Félicité wove lavender blossoms, while Paul was bored and wished to go home.

Sometimes they crossed the Toucques in a boat, and started to hunt for seashells. The outgoing tide exposed sea urchins, scallops, jellyfish; and the children ran to catch the puffs of foam that the wind carried up. The sleepy waves lapping the sand unfurled themselves along the shore that extended as far as the eye could see, but where land began, it was limited by the downs which separated it from the *Swamp*, a large meadow shaped like a hippodrome. When they went home that way, Trouville, on the slope of a hill below, grew larger and larger as they advanced, and, with all its houses of unequal height, seemed to spread out before them in a sort of giddy confusion.

The days on which it was too hot they did not leave their room. The dazzling brightness outside plastered bars of light between the slats of the shutters. Not a sound in the village, not a soul on the sidewalk. This silence intensified the tranquillity of everything. In the distance, the hammers of some calkers pounded the hull of a ship, and the sultry breeze brought them an odour of tar.

The principal diversion consisted in watching the return of the fishing-smacks. As soon as they passed the beacons, they began to ply to windward. The sails were lowered to two-thirds of the masts, and with their foresails swelled up like balloons they glided over the waves and anchored in the middle of the harbour. Then they crept up alongside of the dock and the sailors threw the quivering fish over the side of the boat; a line of carts was waiting for them, and women with white caps sprang forward to receive the baskets and embrace their men-folk.

One day, one of them spoke to Félicité, who, after a little while, came into the room gleefully. She had found one of her sisters, and Nastasie Barette, wife of Leroux, made her appearance, holding a baby at her breast, another child clinging to her right hand, while on her left was a little cabin-boy with his hands in his pockets and his cap on his ear.

At the end of a quarter of an hour, Madame Aubain bade her go.

On les rencontrait toujours aux abords de la cuisine, ou dans les promenades que l'on faisait. Le mari ne se montrait pas.

Félicité se prit d'affection pour eux. Elle leur acheta une couverture, des chemises, un fourneau; évidemment ils l'exploitaient. Cette faiblesse agaçait Mme Aubain, qui d'ailleurs n'aimait pas les familiarités du neveu, —car il tutoyait son fils;—et, comme Virginie toussait et que la saison n'était plus bonne, elle revint à Pont-l'Évêque.

M. Bourais l'éclaira sur le choix d'un collège. Celui de Caen passait pour le meilleur. Paul y fut envoyé; et fit bravement ses adieux, satisfait d'aller vivre dans une maison où il aurait des camarades.

Mme Aubain se résigna à l'éloignement de son fils, parce qu'il était indispensable. Virginie y songea de moins en moins. Félicité regrettait son tapage. Mais une occupation vint la distraire; à partir de Noël, elle mena tous les jours la petite fille au catéchisme.

III

Quand elle avait fait à la porte une génuflexion, elle s'avançait sous la haute nef entre la double ligne des chaises, ouvrait le banc de Mme Aubain, s'asseyait, et promenait ses yeux autour d'elle.

Les garçons à droite, les filles à gauche, emplissaient les stalles du chœur; le curé se tenait debout près du lutrin; sur un vitrail de l'abside, le Saint-Esprit dominait la Vierge; un autre la montrait à genoux devant l'Enfant-Jésus, et, derrière le tabernacle, un groupe en bois représentait Saint-Michel terrassant le dragon.

Le prêtre fit d'abord un abrégé de l'Histoire-Sainte. Elle croyait voir le paradis, le déluge, la tour de Babel, des villes tout en flammes, des peuples qui mouraient, des idoles renversées; et elle garda de cet éblouissement le respect du Très-Haut et la crainte de sa colère. Puis, elle pleura en écoutant la Passion. Pourquoi l'avaient-ils crucifié, lui qui chérissait les enfants, nourrissait les foules, guérissait les aveugles, et avait voulu, par douceur, naître au milieu des pauvres, sur le fumier d'une étable? Les semailles, les moissons, les pressoirs, toutes ces choses familières dont parle l'Évangile, se trouvaient dans sa vie; le passage de Dieu les avait sanctifiées; et elle aima plus tendrement les agneaux par amour de l'Agneau, les colombes à cause du Saint-Esprit.

Elle avait peine à imaginer sa personne; car il n'était pas seulement oiseau, mais encore un feu, et d'autres fois un souffle. C'est peut-être sa lumière qui voltige la nuit aux bords des marécages, son haleine qui pousse les nuées, sa voix qui rend les cloches harmonieuses; et elle demeurait dans une adoration, jouissant de la fraîcheur des murs et de la tranquillité de l'église.

Quant aux dogmes, elle n'y comprenait rien, ne tâcha même pas de comprendre. Le curé discourait, les enfants récitaient, elle finissait par s'endormir; et se réveillait tout à coup, quand ils faisaient en s'en allant claquer leurs sabots sur les dalles.

They were always to be met hanging about the kitchen, or on the walks they took. The husband did not show himself.

Félicité developed a great fondness for them; she bought them a stove, some shirts and a blanket; it was evident that they exploited her. Her weakness annoyed Madame Aubain, who, moreover did not like the nephew's familiarity, for he called her son "thou";—and, as Virginia began to cough and the season was over, she decided to return to Pont-l'Évêque.

Monsieur Bourais assisted her in the choice of a college. The one at Caen was considered the best. So Paul was sent away and bravely said good-bye to them all, for he was glad to go to live in a house where he would have boy companions.

Madame Aubain resigned herself to the separation from her son because it was indispensable. Virginia brooded less and less over it. Félicité regretted the noise he made, but soon a new occupation diverted her mind; beginning from Christmas, she accompanied the little girl to her catechism lesson every day.

III

After she had made a curtsey at the threshold, she would walk up the aisle between the double lines of chairs, open Madame Aubain's pew, sit down and look around.

The boys on the right, the girls on the left, filled the stalls of the choir; the priest stood beside the reading-desk; on one stained window of the side-aisle the Holy Ghost hovered over the Virgin; on another one, Mary knelt before the Child Jesus, and behind the tabernacle, a wooden group represented Saint Michael felling the dragon.

The priest first read a condensed lesson of sacred history. Félicité evoked Paradise, the Flood, the Tower of Babel, the blazing cities, the dying nations, the shattered idols; and out of this she developed a great respect for the Almighty and a great fear of His wrath. Then, when she listened to the Passion, she wept. Why had they crucified Him who loved little children, nourished the people, made the blind see, and who, out of humility, had wished to be born among the poor, in a stable? The sowings, the harvests, the wine-presses, all those familiar things which the Scriptures mention, formed a part of her life; the word of God sanctified them; and she loved the lambs with increased tenderness for the sake of the Lamb, and the doves because of the Holy Ghost.

She found it hard, however, to think of the latter as a person, for was it not a bird, a flame, and sometimes only a breath? Perhaps it is its light that at night hovers over swamps, its breath that propels the clouds, its voice that renders church-bells harmonious; and she stayed in adoration, enjoying the freshness of the walls and the tranquillity of the church.

As for the dogma, she could not understand it and did not even try. The priest discoursed, the children recited, and she went to sleep, only to awaken with a start when they were leaving the church and their wooden shoes clattered on the stone pavement.

Ce fut de cette manière, à force de l'entendre, qu'elle apprit le catéchisme, son éducation religieuse ayant été négligée dans sa jeunesse; et dès lors elle imita toutes les pratiques de Virginie, jeûnait comme elle, se confessait avec elle. À la Fête-Dieu, elles firent ensemble un reposoir.

La première communion la tourmentait d'avance. Elle s'agita pour les souliers, pour le chapelet, pour le livre, pour les gants. Avec quel tremblement elle aida sa mère à l'habiller!

Pendant toute la messe, elle éprouva une angoisse. M. Bourais lui cachait un côté du chœur; mais juste en face, le troupeau des vierges portant des couronnes blanches par-dessus leurs voiles abaissés formait comme un champ de neige; et elle reconnaissait de loin la chère petite à son cou plus mignon et son attitude recueillie. La cloche tinta. Les têtes se courbèrent; il y eut un silence. Aux éclats de l'orgue, les chantres et la foule entonnèrent l'*Agnus Dei*; puis le défilé des garçons commença; et, après eux, les filles se levèrent. Pas à pas, et les mains jointes, elles allaient vers l'autel tout illuminé, s'agenouillaient sur la première marche, recevaient l'hostie successivement, et dans le même ordre revenaient à leurs prie-Dieu. Quand ce fut le tour de Virginie, Félicité se pencha pour la voir; et, avec l'imagination que donnent les vraies tendresses, il lui sembla qu'elle était elle-même cette enfant; sa figure devenait la sienne, sa robe l'habillait, son cœur lui battait dans la poitrine; au moment d'ouvrir la bouche, en fermant les paupières, elle manqua s'évanouir.

Le lendemain, de bonne heure, elle se présenta dans la sacristie, pour que M. le curé lui donnât la communion. Elle la reçut dévotement, mais n'y goûta pas les mêmes délices.

Mme Aubain voulait faire de sa fille une personne accomplie; et, comme Guyot ne pouvait lui montrer ni l'anglais ni la musique, elle résolut de la mettre en pension chez les Ursulines d'Honfleur.

L'enfant n'objecta rien. Félicité soupirait, trouvant Madame insensible. Puis elle songea que sa maîtresse, peut-être, avait raison. Ces choses dépassaient sa compétence.

Enfin, un jour, une vieille tapissière s'arrêta devant la porte; et il en descendit une religieuse qui venait chercher Mademoiselle. Félicité monta les bagages sur l'impériale, fit des recommandations au cocher, et plaça dans le coffre six pots de confitures et une douzaine de poires, avec un bouquet de violettes.

Virginie, au dernier moment, fut prise d'un grand sanglot; elle embrassait sa mère qui la baisait au front en répétant:—«Allons! du courage! du courage!» Le marchepied se releva, la voiture partit.

Alors Mme Aubain eut une défaillance; et le soir tous ses amis, le ménage Lormeau, Mme Lechaptois, *ces* demoiselles Rochefeuille, M. de Houppeville et Bourais se présentèrent pour la consoler.

La privation de sa fille lui fut d'abord très douloureuse. Mais trois fois la semaine elle en recevait une lettre, les autres jours lui écrivait, se promenait dans son jardin, lisait un peu, et de cette façon comblait le vide des heures.

In this way, by dint of hearing it, she learned her catechism, her religious education having been neglected in her youth; and thenceforth she imitated all Virginia's religious practices, fasted when she did, and went to confession with her. At the Corpus-Christi Day they both decorated an altar.

She worried in advance over Virginia's first communion. She fussed about the shoes, the rosary, the book and the gloves. With what nervousness she helped the mother dress the child!

During the entire ceremony, she felt anguished. Monsieur Bourais hid part of the choir from view, but directly in front of her, the flock of maidens, wearing white wreaths over their lowered veils, formed a snow-white field, and she recognized her darling by the slenderness of her neck and her devout attitude. The bell tinkled. All the heads bent and there was a silence. Then, at the peals of the organ the singers and the worshippers struck up the *Agnus Dei*; the boys' procession began; behind them came the girls. With clasped hands, they advanced step by step to the lighted altar, knelt at the first step, received one by one the Host, and returned to their seats in the same order. When Virginia's turn came, Félicité leaned forward to watch her, and through that imagination which springs from true affection, she at once became the child, whose face and dress became hers, whose heart beat in her bosom, and when Virginia opened her mouth and closed her lids, she did likewise and came very near fainting.

The following day, she presented herself early at the church so as to receive communion from the curé. She took it with the proper feeling, but did not experience the same delight as on the previous day.

Madame Aubain wished to make an accomplished girl of her daughter; and as Guyot could not teach English nor music, she decided to send her to the Ursulines at Honfleur.

The child made no objection, but Félicité sighed and thought Madame was heartless. Then, she thought that perhaps her mistress was right, as these things were beyond her sphere.

Finally, one day, an old fiacre stopped in front of the door, and from it stepped a nun, who had come to get mademoiselle. Félicité put Virginia's luggage on top of the carriage, gave the coachman some instructions, and smuggled six jars of jam, a dozen pears and a bunch of violets under the seat.

At the last minute, Virginia had a fit of sobbing; she embraced her mother, who kissed her on her forehead, and said: "Now, be brave! be brave!" The step was pulled up and the fiacre drove away.

Then Madame Aubain had a fainting spell, and that evening all her friends, including the two Lormeaus, Madame Lechaptois, *those* ladies Rochefeuille, Monsieur de Houppeville and Bourais, called on her to console her.

At first the separation proved very painful to her. But three times a week she got a letter from her, and the other days she, herself, wrote to Virginia. Then she walked in the garden, read a little, and in this way managed to fill out the emptiness of the hours.

Le matin, par habitude, Félicité entrait dans la chambre de Virginie, et regardait les murailles. Elle s'ennuyait de n'avoir plus à peigner ses cheveux, à lui lacer ses bottines, à la border dans son lit,—et de ne plus voir continuellement sa gentille figure, de ne plus la tenir par la main quand elles sortaient ensemble. Dans son désœuvrement, elle essaya de faire de la dentelle. Ses doigts trop lourds cassaient les fils; elle n'entendait à rien, avait perdu le sommeil, suivant son mot, était «minée».

Pour «se dissiper», elle demanda la permission de recevoir son neveu Victor.

Il arrivait le dimanche après la messe, les joues roses, la poitrine nue, et sentant l'odeur de la campagne qu'il avait traversée. Tout de suite, elle dressait son couvert. Ils déjeunaient l'un en face de l'autre; et, mangeant elle-même le moins possible pour épargner la dépense, elle le bourrait tellement de nourriture qu'il finissait par s'endormir. Au premier coup des vêpres, elle le réveillait, brossait son pantalon, nouait sa cravate, et se rendait à l'église, appuyée sur son bras dans un orgueil maternel.

Ses parents le chargeaient toujours d'en tirer quelque chose, soit un paquet de cassonade, du savon, de l'eau-de-vie, parfois même de l'argent. Il apportait ses nippes à raccommoder; et elle acceptait cette besogne, heureuse d'une occasion qui le forçait à revenir.

Au mois d'août, son père l'emmena au cabotage.

C'était l'époque des vacances. L'arrivée des enfants la consola. Mais Paul devenait capricieux, et Virginie n'avait plus l'âge d'être tutoyée, ce qui mettait une gêne, une barrière entre elles.

Victor alla successivement à Morlaix, à Dunkerque et à Brighton; au retour de chaque voyage, il lui offrait un cadeau. La première fois, ce fut une boîte en coquilles; la seconde, une tasse à café; la troisième, un grand bonhomme en pain d'épices. Il embellissait, avait la taille bien prise, un peu de moustache, de bons yeux francs, et un petit chapeau de cuir, placé en arrière comme un pilote. Il l'amusait en lui racontant des histoires mêlées de termes marins.

Un lundi, 14 juillet 1819 (elle n'oublia pas la date), Victor annonça qu'il était engagé au long cours, et, dans la nuit du surlendemain, par le paquebot de Honfleur, irait rejoindre sa goélette, qui devait démarrer du Havre prochainement. Il serait, peut-être, deux ans parti.

La perspective d'une telle absence désola Félicité; et pour lui dire encore adieu, le mercredi soir, après le dîner de Madame, elle chaussa des galoches, et avala les quatre lieues qui séparent Pont-l'Évêque de Honfleur.

Quand elle fut devant le Calvaire, au lieu de prendre à gauche, elle prit à droite, se perdit dans des chantiers, revint sur ses pas; des gens qu'elle accosta l'engagèrent à se hâter. Elle fit le tour du bassin rempli de navires, se heurtait contre des amarres; puis le terrain s'abaissa, des lumières s'entrecroisèrent, et elle se crut folle, en apercevant des chevaux dans le ciel.

Au bord du quai, d'autres hennissaient, effrayés par la mer. Un palan qui les enlevait les descendait dans un bateau, où des voyageurs se bousculaient

Each morning, out of habit, Félicité entered Virginia's room and gazed at the walls. She missed combing her hair, lacing her shoes, tucking her in her bed, and seeing continually her pretty face, having to hold her hand when they used to go out for a walk. In order to occupy herself she tried to make lace. But her clumsy fingers broke the threads; she had no heart for anything, lost her sleep and "wasted away," as she put it.

In order to have "some distraction," she asked leave to receive the visits of her nephew Victor.

He would come on Sunday, after mass, with ruddy cheeks and bared chest, bringing with him the scent of the country. She would set the table and they would sit down opposite each other, and eat their dinner; she ate as little as possible, herself, to avoid any extra expense, but would stuff him so with food that he would finally go to sleep. At the first stroke of vespers, she would wake him up, brush his trousers, tie his cravat and walk to church with him, leaning on his arm with maternal pride.

His parents always told him to get something out of her, either a package of brown sugar, or soap, or brandy, and sometimes even money. He brought her his clothes to mend, and she accepted the task gladly, because it meant another visit from him.

In August, his father took him on a coasting-vessel.

It was vacation time and the arrival of the children consoled Félicité. But Paul was capricious, and Virginia was growing too old to be thee-and-thou'd, a fact which seemed to produce a sort of embarrassment in their relations.

Victor went successively to Morlaix, to Dunkirk, and to Brighton; whenever he returned from a trip he would bring her a present. The first time it was a box of shells; the second, a coffee-cup; the third, a big doll of ginger-bread. He was growing handsome, had a good figure, a tiny moustache, kind eyes, and a little leather cap that sat jauntily on the back of his head. He amused his aunt by telling her stories mingled with nautical expressions.

One Monday, the 14th of July, 1819 (she never forgot the date), Victor announced that he had been engaged on merchant-vessel and that in two days he would take the steamer at Honfleur and join his sailer, which was going to start from Havre very soon. Perhaps he might be away two years.

The prospect of his departure filled Félicité with despair, and in order to bid him farewell, on Wednesday night, after Madame's dinner, she put on her pattens and trudged the four miles that separated Pont-l'Évêque from Honfleur.

When she reached the Calvary, instead of turning to the left, she turned to the right and lost herself in coal-yards; she had to retrace her steps; some people she spoke to advised her to hasten. She walked helplessly around the harbour filled with vessels, and knocked against hawsers. Then the ground sloped abruptly, lights flittered to and fro, and she thought all at once that she had gone mad when she saw some horses in the sky.

Others, on the edge of the dock, neighed at the sight of the ocean. A derrick pulled them up in the air and dumped them into a boat, where pas-

entre les barriques de cidre, les paniers de fromage, les sacs de grain; on entendait chanter des poules, le capitaine jurait; et un mousse restait accoudé sur le bossoir, indifférent à tout cela. Félicité, qui ne l'avait pas reconnu, criait: «Victor!» Il leva la tête; elle s'élançait, quand on retira l'échelle tout à coup.

Le paquebot, que des femmes halaient en chantant, sortit du port. Sa membrure craquait, les vagues pesantes fouettaient sa proue. La voile avait tourné, on ne vit plus personne;—et, sur la mer argentée par la lune, il faisait une tache noire qui pâlissait toujours, s'enfonça, disparut.

Félicité, en passant près du Calvaire, voulut recommander à Dieu ce qu'elle chérissait le plus; et elle pria pendant longtemps, debout, la face baignée de pleurs, les yeux vers les nuages. La ville dormait, des douaniers se promenaient; et de l'eau tombait sans discontinuer par les trous de l'écluse, avec un bruit de torrent. Deux heures sonnèrent.

Le parloir n'ouvrirait pas avant le jour. Un retard, bien sûr, contrarierait Madame; et, malgré son désir d'embrasser l'autre enfant, elle s'en retourna. Les filles de l'auberge s'éveillaient, comme elle entrait dans Pont-l'Évêque.

Le pauvre gamin durant des mois allait donc rouler sur les flots! Ses précédents voyages ne l'avaient pas effrayée. De l'Angleterre et de la Bretagne, on revenait; mais l'Amérique, les Colonies, les Îles, cela était perdu dans une région incertaine, à l'autre bout du monde.

Dès lors, Félicité pensa exclusivement à son neveu. Les jours de soleil, elle se tourmentait de la soif; quand il faisait de l'orage, craignait pour lui la foudre. En écoutant le vent qui grondait dans la cheminée et emportait les ardoises, elle le voyait battu par cette même tempête, au sommet d'un mât fracassé, tout le corps en arrière, sous une nappe d'écume; ou bien,—souvenirs de la géographie en estampes,—il était mangé par les sauvages, pris dans un bois par des singes, se mourait le long d'une plage déserte. Et jamais elle ne parlait de ses inquiétudes.

Mme Aubain en avait d'autres sur sa fille.

Les bonnes sœurs trouvaient qu'elle était affectueuse, mais délicate. La moindre émotion l'énervait. Il fallut abandonner le piano.

Sa mère exigeait du couvent une correspondance réglée. Un matin que le facteur n'était pas venu, elle s'impatienta; et elle marchait dans la salle, de son fauteuil à la fenêtre. C'était vraiment extraordinaire! depuis quatre jours, pas de nouvelles!

Pour qu'elle se consolât par son exemple, Félicité lui dit:

—«Moi, madame, voilà six mois que je n'en ai reçu!...»

—«De qui donc?...»

La servante répliqua doucement:

—«Mais... de mon neveu!»

—«Ah! votre neveu!» Et, haussant les épaules, Mme Aubain reprit sa promenade, ce qui voulait dire: «Je n'y pensais pas!... Au surplus, je m'en

sengers were bustling about among barrels of cider, baskets of cheese and sacks of grain; chickens cackled, the captain swore and a cabin-boy rested on the railing, apparently indifferent to his surroundings. Félicité, who did not recognize him, kept shouting: "Victor!" He raised his head; she rushed forward, when they withdrew the gangplank.

The boat, towed by singing women, glided out of the harbour. Her hull squeaked and the heavy waves beat up against her sides. The sail had turned and nobody was visible;—and on the ocean, silvered by the light of the moon, the vessel formed a black spot that grew dimmer and dimmer, and finally disappeared.

When Félicité passed the Calvary again, she felt as if she must entrust that which was dearest to her to the Lord; and for a long while she prayed, standing, her face bathed in tears, her eyes towards the clouds. The city was sleeping; some customs officials were walking about; and the water kept pouring through the holes of the dam with a deafening roar. The town clock struck two.

The parlour of the convent would not open until morning, and surely a delay would annoy Madame; so, in spite of her desire to embrace the other child, she went home. The maids of the inn were just arising when she reached Pont-l'Évêque.

So the poor boy would be on the ocean for months! His previous trips had not alarmed her. One can come back from England and Brittany; but America, the colonies, the islands, were all lost in an uncertain region at the other end of the world.

From that time on, Félicité thought solely of her nephew. On warm days she feared he would suffer from thirst, and when it stormed, she was afraid he would be struck by lightning. When she harkened to the wind that rattled in the chimney and dislodged the tiles on the roof, she imagined that he was being buffeted by the same storm, perched on top of a shattered mast, with his whole body bent backward and covered with sea-foam; or,—these were recollections of the engraved geography—he was being devoured by savages, or captured in a forest by apes, or dying on some lonely coast. She never mentioned her anxieties, however.

Madame Aubain worried about her daughter.

The sisters thought that Virginia was affectionate but delicate. The slightest emotion enervated her. She had to give up her piano lessons.

Her mother insisted upon regular letters from the convent. One morning, when the postman failed to come, she grew impatient and began to pace to and fro in her room, from her armchair to the window. It was really extraordinary! No news since four days!

In order to console her mistress by her own example, Félicité said:

"Why, Madame, I haven't had any news since six months!..."

"From whom?..."

The servant replied gently:

"Why... from my nephew!"

"Oh, yes, your nephew!" And shrugging her shoulders, Madame Aubain continued to pace the floor as if to say: "I did not think of it!... Besides, he is

moque! un mousse, un gueux, belle affaire!... tandis que ma fille... Songez donc!...»

Félicité, bien que nourrie dans la rudesse, fut indignée contre Madame, puis oublia.

Il lui paraissait tout simple de perdre la tête à l'occasion de la petite.

Les deux enfants avaient une importance égale; un lien de son coeur les unissait, et leurs destinées devaient être la même.

Le pharmacien lui apprit que le bateau de Victor était arrivé à la Havane. Il avait lu ce renseignement dans une gazette.

À cause des cigares, elle imaginait la Havane un pays où l'on ne fait pas autre chose que de fumer, et Victor circulait parmi des nègres dans un nuage de tabac. Pouvait-on «en cas de besoin» s'en retourner par terre? À quelle distance était-ce de Pont-l'Évêque? Pour le savoir, elle interrogea M. Bourais.

Il atteignit son atlas, puis commença des explications sur les longitudes; et il avait un beau sourire de cuistre devant l'ahurissement de Félicité. Enfin, avec son porte-crayon, il indiqua dans les découpures d'une tache ovale un point noir, imperceptible, en ajoutant; «Voici.» Elle se pencha sur la carte; ce réseau de lignes coloriées fatiguait sa vue, sans lui rien apprendre; et Bourais, l'invitant à dire ce qui l'embarrassait, elle le pria de lui montrer la maison où demeurait Victor. Bourais leva les bras, il éternua, rit énormément; une candeur pareille excitait sa joie; et Félicité n'en comprenait pas le motif,—elle qui s'attendait peut-être à voir jusqu'au portrait de son neveu, tant son intelligence était bornée!

Ce fut quinze jours après que Liébard, à l'heure du marché comme d'habitude, entra dans la cuisine, et lui remit une lettre qu'envoyait son beau-frère. Ne sachant lire aucun des deux, elle eut recours à sa maîtresse.

Mme Aubain, qui comptait les mailles d'un tricot, le posa près d'elle, décacheta la lettre, tressaillit, et, d'une voix basse, avec un regard profond:

—«C'est un malheur... qu'on vous annonce. Votre neveu...»

Il était mort. On n'en disait pas davantage.

Félicité tomba sur une chaise, en s'appuyant la tête à la cloison, et ferma ses paupières, qui devinrent roses tout à coup. Puis, le front baissé, les mains pendantes, l'œil fixe, elle répétait par intervalles:

—«Pauvre petit gars! pauvre petit gars!»

Liébard la considérait en exhalant des soupirs. Mme Aubain tremblait un peu.

Elle lui proposa d'aller voir sa sœur, à Trouville.

Félicité répondit, par un geste, qu'elle n'en avait pas besoin.

Il y eut un silence. Le bonhomme Liébard jugea convenable de se retirer.

Alors elle dit:

—«Ça ne leur fait rien, à eux!»

Sa tête retomba; et machinalement elle soulevait, de temps à autre, les longues aiguilles sur la table à ouvrage.

no concern of mine! a cabin-boy, a pauper, who cares!... but my daughter... Just think of it!..."

Félicité, although she had been reared roughly, was indignant against Madame. Then she forgot about it.

It appeared quite natural to her that one should lose one's head about the little girl.

The two children were of equal importance; they were united in her heart and their fate was to be the same.

The chemist informed her that Victor's vessel had reached Havana. He had read the information in a newspaper.

Because of the cigars she imagined that Havana was a place where people did nothing but smoke, and that Victor walked around among negroes in a cloud of tobacco. Could a person, "in case of need," return by land? How far was it from Pont-l'Évêque? In order to learn these things she questioned Monsieur Bourais.

He reached for his atlas and began some explanations concerning longitudes, and smiled with superiority at Félicité's bewilderment. At last, he took his pencil and pointed out an imperceptible black point in the scallops of an oval blotch, adding: "There it is." She bent over the map; the maze of coloured lines hurt her eyes without enlightening her; and when Bourais asked her what puzzled her, she requested him to show her the house Victor lived in. Bourais threw up his hands, sneezed, and then laughed uproariously; such ignorance delighted his soul; but Félicité failed to understand the cause of his mirth, she whose intelligence was so limited that she perhaps expected to see even the picture of her nephew!

It was two weeks later that Liébard came into the kitchen at market-time, as was his custom, and handed her a letter from her brother-in-law. As neither of them could read, she called upon her mistress.

Madame Aubain, who was counting the stitches of her knitting, laid her work down beside her, opened the letter, started, and in a low tone and with a searching look said:

"They tell you of a... misfortune. Your nephew..."

He had died. The letter told nothing more.

Félicité dropped on a chair, leaned her head against the back and closed her lids; presently they grew pink. Then, with drooping head, inert hands and staring eyes she repeated at intervals:

"Poor little chap! poor little chap!"

Liébard watched her and sighed. Madame Aubain was trembling slightly.

She proposed to her to go and see her sister at Trouville.

With a single motion, Félicité replied that it was not necessary.

There was a silence. Old Liébard thought it about time for him to take leave.

Then Félicité uttered:

"They have no sympathy, they do not care!"

Her head fell forward again, and from time to time, mechanically, she toyed with the long knitting-needles on the work-table.

Des femmes passèrent dans la cour avec un bard d'où dégouttelait du linge.

En les apercevant par les carreaux, elle se rappela sa lessive; l'ayant coulée la veille, il fallait aujourd'hui la rincer; et elle sortit de l'appartement.

Sa planche et son tonneau étaient au bord de la Toucques. Elle jeta sur la berge un tas de chemises, retroussa ses manches, prit son battoir; et les coups forts qu'elle donnait s'entendaient dans les autres jardins à côté. Les prairies étaient vides, le vent agitait la rivière; au fond, de grandes herbes s'y penchaient, comme des chevelures de cadavres flottant dans l'eau. Elle retenait sa douleur, jusqu'au soir fut très brave; mais, dans sa chambre, elle s'y abandonna, à plat ventre sur son matelas, le visage dans l'oreiller, et les deux poings contre les tempes.

Beaucoup plus tard, par le capitaine de Victor lui-même, elle connut les circonstances de sa fin. On l'avait trop saigné à l'hôpital, pour la fièvre jaune. Quatre médecins le tenaient à la fois. Il était mort immédiatement, et le chef avait dit:

—«Bon! encore un!»

Ses parents l'avaient toujours traité avec barbarie. Elle aima mieux ne pas les revoir; et ils ne firent aucune avance, par oubli, ou endurcissement de misérables.

Virginie s'affaiblissait.

Des oppressions, de la toux, une fièvre continuelle et des marbrures aux pommettes décelaient quelque affection profonde. M. Poupart avait conseillé un séjour en Provence. Mme Aubain s'y décida, et eût tout de suite repris sa fille à la maison, sans le climat de Pont-l'Évêque.

Elle fit un arrangement avec un loueur de voitures, qui la menait au couvent chaque mardi. Il y a dans le jardin une terrasse d'où l'on découvre la Seine. Virginie s'y promenait à son bras, sur les feuilles de pampre tombées. Quelquefois le soleil traversant les nuages la forçait à cligner ses paupières, pendant qu'elle regardait les voiles au loin et tout l'horizon, depuis le château de Tancarville jusqu'aux phares du Havre. Ensuite on se reposait sous la tonnelle. Sa mère s'était procuré un petit fût d'excellent vin de Malaga; et, riant à l'idée d'être grise, elle en buvait deux doigts, pas davantage.

Ses forces reparurent. L'automne s'écoula doucement. Félicité rassurait Mme Aubain. Mais, un soir qu'elle avait été aux environs faire une course, elle rencontra devant la porte le cabriolet de M. Poupart; et il était dans le vestibule. Mme Aubain nouait son chapeau.

—«Donnez-moi ma chaufferette, ma bourse, mes gants; plus vite donc!»

Virginie avait une fluxion de poitrine; c'était peut-être désespéré.

—«Pas encore!» dit le médecin; et tous deux montèrent dans la voiture, sous des flocons de neige qui tourbillonnaient. La nuit allait venir. Il faisait très froid.

Some women passed through the yard with a basket of wet clothes.

When she saw them through the window, she suddenly remembered her own wash; as she had soaked it the day before, she must go and rinse it now. So she arose and left the room.

Her tub and her board were on the bank of the Toucques. She threw a heap of chemises on the ground, rolled up her sleeves and grasped her bat; and her loud pounding could be heard in the neighbouring gardens. The meadows were empty, the breeze wrinkled the stream, at the bottom of which were long grasses that looked like the hair of corpses floating in the water. She restrained her sorrow and was very brave until night; but, when she had gone to her own room, she gave way to it, lying flat on her mattress, burying her face in the pillow and pressing her two fists against her temples.

A long while afterward, she learned through Victor's captain, the circumstances which surrounded his death. At the hospital they had bled him too much, treating him for yellow fever. Four doctors held him at one time. He died immediately, and the chief surgeon had said:

"Here goes another one!"

His parents had always treated him barbarously; she preferred not to see them again, and they made no advances, either from forgetfulness or out of hardness of the poor.

Virginia was growing weaker.

A cough, continual fever, oppressive breathing and spots on her cheeks indicated some serious trouble. Monsieur Poupart had advised a sojourn in Provence. Madame Aubain decided that they would go, and she would have had her daughter come home at once, had it not been for the climate of Pont-l'Évêque.

She made an arrangement with a livery-stable man who drove her over to the convent every Tuesday. In the garden there was a terrace, from which the view extends to the Seine. Virginia walked in it, leaning on her mother's arm and treading the dead vine leaves. Sometimes the sun, shining through the clouds, made her blink her lids, when she gazed at the sails in the distance, and let her eyes roam over the horizon from the chateau of Tancarville to the lighthouses of Havre. Then they rested in the arbour. Her mother had bought a little cask of fine Malaga wine, and she, laughing at the idea of becoming intoxicated, would drink two fingers of it, but never more.

Her strength returned. Autumn passed quietly. Félicité began to reassure Madame Aubain. But, one evening, when she returned home after an errand, she met M. Poupart's coach in front of the door; M. Poupart himself was standing in the vestibule and Madame Aubain was tying the strings of her bonnet.

"Give me my foot-warmer, my purse and my gloves; and be quick about it!" she said.

Virginia had congestion of the lungs; perhaps it was desperate.

"Not yet!" said the physician, and both got into the carriage, while the snow fell in thick flakes. It was almost night and very cold.

Félicité se précipita dans l'église, pour allumer un cierge. Puis elle courut
après le cabriolet, qu'elle rejoignit une heure plus tard, sauta légèrement
par-derrière, où elle se tenait aux torsades, quand une réflexion lui vint: «La
cour n'était pas fermée! si des voleurs s'introduisaient?» Et elle descendit.

Le lendemain, dès l'aube, elle se présenta chez le docteur. Il était rentré,
et reparti à la campagne. Puis elle resta dans l'auberge, croyant que des
inconnus apporteraient une lettre. Enfin, au petit jour, elle prit la diligence
de Lisieux.

Le couvent se trouvait au fond d'une ruelle escarpée. Vers le milieu, elle
entendit des sons étranges, un glas de mort. «C'est pour d'autres,» pensa-t-
elle; et Félicité tira violemment le marteau.

Au bout de plusieurs minutes, des savates se traînèrent, la porte s'entre-
bâilla, et une religieuse parut.

La bonne sœur avec un air de componction dit qu'«elle venait de passer».
En même temps, le glas de Saint-Léonard redoublait.

Félicité parvint au second étage.

Dès le seuil de la chambre, elle aperçut Virginie étalée sur le dos, les
mains jointes, la bouche ouverte, et la tête en arrière sous une croix noire
s'inclinant vers elle, entre les rideaux immobiles, moins pâles que sa figure.
Mme Aubain, au pied de la couche qu'elle tenait dans ses bras, poussait des
hoquets d'agonie. La supérieure était debout, à droite. Trois chandeliers sur
la commode faisaient des taches rouges, et le brouillard blanchissait les fenêtres. Des religieuses emportèrent Mme Aubain.

Pendant deux nuits, Félicité ne quitta pas la morte. Elle répétait les
mêmes prières, jetait de l'eau bénite sur les draps, revenait s'asseoir, et la
contemplait. À la fin de la première veille, elle remarqua que la figure avait
jauni, les lèvres bleuirent, le nez se pinçait, les yeux s'enfonçaient. Elle les
baisa plusieurs fois; et n'eût pas éprouvé un immense étonnement si Virginie les eût rouverts; pour de pareilles âmes le surnaturel est tout simple.
Elle fit sa toilette, l'enveloppa de son linceul, la descendit dans sa bière, lui
posa une couronne, étala ses cheveux. Ils étaient blonds, et extraordinaires
de longueur à son âge. Félicité en coupa une grosse mèche, dont elle glissa
la moitié dans sa poitrine, résolue à ne jamais s'en dessaisir.

Le corps fut ramené à Pont-l'Évêque, suivant les intentions de Mme
Aubain, qui suivait le corbillard, dans une voiture fermée.

Après la messe, il fallut encore trois quarts d'heure pour atteindre le cimetière. Paul marchait en tête et sanglotait. M. Bourais était derrière, ensuite les principaux habitants, les femmes, couvertes de mantes noires, et
Félicité. Elle songeait à son neveu, et, n'ayant pu lui rendre ces honneurs,
avait un surcroît de tristesse, comme si on l'eût enterré avec l'autre.

Le désespoir de Mme Aubain fut illimité.

D'abord elle se révolta contre Dieu, le trouvant injuste de lui avoir pris sa
fille,—elle qui n'avait jamais fait de mal, et dont la conscience était si pure!
Mais non! elle aurait dû l'emporter dans le Midi. D'autres docteurs l'auraient

Félicité rushed to the church to light a candle. Then she ran after the coach which she overtook after an hour's chase, sprang up behind and held on to the straps. But suddenly a thought crossed her mind: "The yard had been left open; supposing that burglars got in!" And down she jumped.

The next morning, at daybreak, she called at the doctor's. He had been home, but had left again for the country. Then she waited at the inn, thinking that strangers might bring her a letter. At last, at daylight she took the diligence for Lisieux.

The convent was at the end of a steep and narrow street. When she arrived about at the middle of it, she heard strange noises, a funeral knell. "It must be for some one else," she thought; and she pulled the knocker violently.

After several minutes had elapsed, she heard footsteps, the door was half opened and a nun appeared.

The good sister, with an air of compunction, told her that "she had just passed away." And at the same time the tolling of Saint-Leonard's increased.

Félicité reached the second floor.

Already at the threshold, she caught sight of Virginia lying on her back, with clasped hands, her mouth open and her head thrown back, beneath a black crucifix inclined toward her, and stiff curtains which were less white than her face. Madame Aubain lay at the foot of the couch, clasping it with her arms and uttering groans of agony. The Mother Superior was standing on the right side of the bed. The three candles on the bureau made red blurs, and the windows were dimmed by the fog outside. The nuns carried Madame Aubain from the room.

For two nights, Félicité never left the corpse. She would repeat the same prayers, sprinkle holy water over the sheets, get up, come back to the bed and contemplate the body. At the end of the first vigil, she noticed that the face had taken on a yellow tinge, the lips grew blue, the nose grew pinched, the eyes were sunken. She kissed them several times and would not have been greatly astonished had Virginia opened them; to souls like these the supernatural is always quite simple. She washed her, wrapped her in a shroud, put her into the casket, laid a wreath of flowers on her head and arranged her curls. They were blond and of an extraordinary length for her age. Félicité cut off a big lock and put half of it into her bosom, resolving never to part with it.

The body was taken to Pont-l'Évêque, according to Madame Aubain's wishes; she followed the hearse in a closed carriage.

After the ceremony it took three quarters of an hour to reach the cemetery. Paul, sobbing, headed the procession; Monsieur Bourais followed, and then came the principal inhabitants of the town, the women covered with black capes, and Félicité. The memory of her nephew, and the thought that she had not been able to render him these honours, made her doubly unhappy, and she felt as if he were being buried with Virginia.

Madame Aubain's grief was uncontrollable.

At first she rebelled against God, thinking that he was unjust to have taken away her child—she who had never done anything wrong, and whose conscience was so pure! But no! she ought to have taken her South. Other

sauvée! Elle s'accusait, voulait la rejoindre, criait en détresse au milieu de ses rêves. Un, surtout, l'obsédait. Son mari, costumé comme un matelot, revenait d'un long voyage, et lui disait en pleurant qu'il avait reçu l'ordre d'emmener Virginie. Alors ils se concertaient pour découvrir une cachette quelque part.

Une fois, elle rentra du jardin, bouleversée. Tout à l'heure (elle montrait l'endroit) le père et la fille lui étaient apparus l'un auprès de l'autre, et ils ne faisaient rien; ils la regardaient.

Pendant plusieurs mois, elle resta dans sa chambre, inerte. Félicité la sermonnait doucement; il fallait se conserver pour son fils, et pour l'autre, en souvenir «d'elle».

—«Elle?» reprenait Mme Aubain, comme se réveillant. «Ah! oui!... oui!... Vous ne l'oubliez pas!» Allusion au cimetière, qu'on lui avait scrupuleusement défendu.

Félicité tous les jours s'y rendait.

À quatre heures précises, elle passait au bord des maisons, montait la côte, ouvrait la barrière, et arrivait devant la tombe de Virginie. C'était une petite colonne de marbre rose, avec une dalle dans le bas, et des chaînes autour enfermant un jardinet. Les plates-bandes disparaissaient sous une couverture de fleurs. Elle arrosait leurs feuilles, renouvelait le sable, se mettait à genoux pour mieux labourer la terre. Mme Aubain, quand elle put y venir, en éprouva un soulagement, une espèce de consolation.

Puis des années s'écoulèrent, toutes pareilles et sans autres épisodes que le retour des grandes fêtes: Pâques, l'Assomption, la Toussaint. Des événements intérieurs faisaient une date, où l'on se reportait plus tard. Ainsi, en 1825, deux vitriers badigeonnèrent le vestibule; en 1827, une portion du toit, tombant dans la cour, faillit tuer un homme. L'été de 1828, ce fut à Madame d'offrir le pain bénit; Bourais, vers cette époque, s'absenta mystérieusement; et les anciennes connaissances peu à peu s'en allèrent: Guyot, Liébard, Mme Lechaptois, Robelin, l'oncle Gremanville, paralysé depuis longtemps.

Une nuit, le conducteur de la malle-poste annonça dans Pont-l'Évêque la Révolution de Juillet. Un sous-préfet nouveau, peu de jours après, fut nommé: le baron de Larsonnière, ex-consul en Amérique, et qui avait chez lui, outre sa femme, sa belle-sœur avec trois demoiselles, assez grandes déjà. On les apercevait sur leur gazon, habillées de blouses flottantes; elles possédaient un nègre et un perroquet. Mme Aubain eut leur visite, et ne manqua pas de la rendre. Du plus loin qu'elles paraissaient, Félicité accourait pour la prévenir. Mais une chose était seule capable de l'émouvoir, les lettres de son fils.

Il ne pouvait suivre aucune carrière, étant absorbé dans les estaminets. Elle lui payait ses dettes; il en refaisait d'autres; et les soupirs que poussait Mme Aubain, en tricotant près de la fenêtre, arrivaient à Félicité, qui tournait son rouet dans la cuisine.

Elles se promenaient ensemble le long de l'espalier; et causaient toujours de Virginie, se demandant si telle chose lui aurait plu, en telle occasion ce qu'elle eût dit probablement.

doctors would have saved her. She accused herself, prayed to be able to join her child, and cried in the midst of her dreams. Of the latter, one more especially haunted her. Her husband, dressed like a sailor, had come back from a long voyage, and with tears in his eyes told her that he had received the order to take Virginia away. Then they both consulted about a hiding-place.

Once she came in from the garden, all upset. A moment before (and she showed the place), the father and daughter had appeared to her, one after the other; they did nothing but look at her.

During several months she remained inert in her room. Félicité scolded her gently; she must keep up for her son and also for the other one, for "her memory."

"Her memory!" replied Madame Aubain, as if she were just awakening. "Oh! yes!... yes!... You do not forget her!" This was an allusion to the cemetery where she had been expressly forbidden to go.

But Félicité went there every day.

At four o'clock exactly, she would go through the town, climb the hill, open the gate and arrive at Virginia's tomb. It was a small column of pink marble with a flat stone at its base, and it was surrounded by a little plot enclosed by chains. The flower-beds were bright with blossoms. She watered their leaves, renewed the gravel, and knelt on the ground in order to till the earth properly. When Madame Aubain was able to visit the cemetery, she felt very much relieved and consoled.

Years passed, all alike and marked by no other events than the return of the great church holidays: Easter, Assumption, All Saints' Day. Household happenings constituted the only data to which in later years they often referred. Thus, in 1825, two glaziers whitewashed the vestibule; in 1827, a portion of the roof almost killed a man by falling into the yard. In the summer of 1828, it was Madame's turn to offer the hallowed bread; at that time, Bourais disappeared mysteriously; and the old acquaintances, Guyot, Liébard, Madame Lechaptois, Robelin, Uncle Gremanville, paralyzed since a long time, passed away one by one.

One night, the driver of the mail in Pont-l'Évêque announced the Revolution of July. A few days afterward a new sub-prefect was nominated, the Baron de Larsonnière, ex-consul in America, who, besides his wife, had his sister-in-law and her three grown daughters with him. They were often seen on their lawn, dressed in loose blouses, and they had a parrot and a negro servant. Madame Aubain received a call, which she returned promptly. As soon as she caught sight of them, Félicité would run and notify her mistress. But only one thing was capable of arousing her: the letters from her son.

He could not follow any profession as he spent too much time in taverns. She paid his debts and he made new ones; and the sighs that Madame Aubain heaved while she knitted at the window reached the ears of Félicité who was spinning in the kitchen.

They walked in the garden together, always speaking of Virginia, and asking each other if such and such a thing would have pleased her, and what she would probably have said on this or that occasion.

Toutes ses petites affaires occupaient un placard dans la chambre à deux lits. Mme Aubain les inspectait le moins souvent possible. Un jour d'été, elle se résigna; et des papillons s'envolèrent de l'armoire.

Ses robes étaient en ligne sous une planche où il y avait trois poupées, des cerceaux, un ménage, la cuvette qui lui servait. Elles retirèrent également les jupons, les bas, les mouchoirs, et les étendirent sur les deux couches, avant de les replier. Le soleil éclairait ces pauvres objets, en faisait voir les taches, et des plis formés par les mouvements du corps. L'air était chaud et bleu, un merle gazouillait, tout semblait vivre dans une douceur profonde. Elles retrouvèrent un petit chapeau de peluche, à longs poils, couleur marron; mais il était tout mangé de vermine. Félicité le réclama pour elle-même. Leurs yeux se fixèrent l'une sur l'autre, s'emplirent de larmes; enfin la maîtresse ouvrit ses bras, la servante s'y jeta; et elles s'étreignirent, satisfaisant leur douleur dans un baiser qui les égalisait.

C'était la première fois de leur vie, Mme Aubain n'étant pas d'une nature expansive. Félicité lui en fut reconnaissante comme d'un bienfait, et désormais la chérit avec un dévouement bestial et une vénération religieuse.

La bonté de son cœur se développa.

Quand elle entendait dans la rue les tambours d'un régiment en marche, elle se mettait devant la porte avec une cruche de cidre, et offrait à boire aux soldats. Elle soigna des cholériques. Elle protégeait les Polonais; et même il y en eut un qui déclarait la vouloir épouser. Mais ils se fâchèrent; car un matin, en rentrant de l'angélus, elle le trouva dans sa cuisine, où il s'était introduit, et accommodé une vinaigrette qu'il mangeait tranquillement.

Après les Polonais, ce fut le père Colmiche, un vieillard passant pour avoir fait des horreurs en 93. Il vivait au bord de la rivière, dans les décombres d'une porcherie. Les gamins le regardaient par les fentes du mur, et lui jetaient des cailloux qui tombaient sur son grabat, où il gisait, continuellement secoué par un catarrhe, avec des cheveux très longs, les paupières enflammées, et au bras une tumeur plus grosse que sa tête.

Elle lui procura du linge, tâcha de nettoyer son bouge, rêvait à l'établir dans le fournil, sans qu'il gênât Madame. Quand le cancer eut crevé, elle le pansa tous les jours, quelquefois lui apportait de la galette, le plaçait au soleil sur une botte de paille; et le pauvre vieux, en bavant et en tremblant, la remerciait de sa voix éteinte, craignait de la perdre, allongeait les mains dès qu'il la voyait s'éloigner. Il mourut; elle fit dire une messe pour le repos de son âme.

Ce jour-là, il lui advint un grand bonheur: au moment du dîner, le nègre de Mme de Larsonnière se présenta, tenant le perroquet dans sa cage, avec le bâton, la chaîne et le cadenas. Un billet de la baronne annonçait à Mme Aubain que, son mari étant élevé à une préfecture, ils partaient le soir; et elle la priait d'accepter cet oiseau, comme un souvenir, et en témoignage de ses respects.

All her little belongings were put away in a closet of the room which held two beds. But Madame Aubain looked them over as little as possible. One summer day, however, she resigned herself to the task and when she opened the closet the moths flew out.

Virginia's frocks were hung under a shelf where there were three dolls, some hoops, a doll-house, and a basin which she had used. Félicité and Madame Aubain also took out the skirts, the handkerchiefs, and the stockings and spread them on the two beds, before folding them again. The sun fell on the piteous things, disclosing their spots and the creases formed by the motions of the body. The atmosphere was warm and blue, and a blackbird trilled in the garden; everything seemed to live in happiness. They found a little hat of soft brown plush, but it was entirely moth-eaten. Félicité asked for it. Their eyes met and filled with tears; at last the mistress opened her arms and the servant threw herself against her breast; and they hugged each other and giving vent to their grief in a kiss which equalized them for a moment.

It was the first time that this had ever happened, for Madame Aubain was not of an expansive nature. Félicité was as grateful for it as if it had been some favour, and from then on she loved her with animal-like devotion and a religious veneration.

Her kind-heartedness developed.

When she heard the drums of a marching regiment passing through the street, she would stand in the doorway with a jug of cider and give the soldiers a drink. She nursed cholera victims. She protected Polish refugees, and one of them even declared that he wished to marry her. But they quarrelled, for one morning, when she returned from the Angelus, she found him in the kitchen, into which he had made his way, coolly eating a salad.

After the Polish refugees, came Father Colmiche, an old man who was credited with having committed frightful misdeeds in '93. He lived near the river in the ruins of a pig-sty. The urchins peeped at him through the cracks in the walls and threw stones that fell on his miserable bed, where he lay gasping with catarrh, with very long hair, inflamed eyelids, and a tumour as big as his head on one arm.

She got him some linen, tried to clean his hovel and dreamed of installing him in the bake-house without his being in Madame's way. When the cancer broke, she dressed it every day; sometimes she brought him some cake and placed him in the sun on a bundle of hay; and the poor old man, trembling and drooling, would thank her in his broken voice, fearing to lose her, and put out his hands whenever she left him. He died; and she had a mass said for the repose of his soul.

That day a great joy came to her: at dinner-time, Madame de Larsonnière's negro called with the parrot, the cage, and the perch and chain and lock. A note from the baroness told Madame Aubain that as her husband had been promoted to a prefecture, they were leaving that night, and she begged her to accept the bird as a remembrance and a token of her esteem.

Il occupait depuis longtemps l'imagination de Félicité, car il venait d'Amérique; et ce mot lui rappelait Victor, si bien qu'elle s'en informait auprès du nègre. Une fois même elle avait dit:—«C'est Madame qui serait heureuse de l'avoir!»

Le nègre avait redit le propos à sa maîtresse, qui, ne pouvant l'emmener, s'en débarrassait de cette façon.

IV

Il s'appelait Loulou. Son corps était vert, le bout de ses ailes rose, son front bleu, et sa gorge dorée.

Mais il avait la fatigante manie de mordre son bâton, s'arrachait les plumes, éparpillait ses ordures, répandait l'eau de sa baignoire; Mme Aubain, qu'il ennuyait, le donna pour toujours à Félicité.

Elle entreprit de l'instruire; bientôt il répéta: «Charmant garçon! Serviteur, monsieur! Je vous salue, Marie!» Il était placé auprès de la porte, et plusieurs s'étonnaient qu'il ne répondît pas au nom de Jacquot, puisque tous les perroquets s'appellent Jacquot. On le comparait à une dinde, à une bûche: autant de coups de poignard pour Félicité! Étrange obstination de Loulou, ne parlant plus du moment qu'on le regardait!

Néanmoins il cherchait la compagnie; car le dimanche, pendant que ces demoiselles Rochefeuille, monsieur de Houppeville et de nouveaux habitués: Onfroy l'apothicaire, monsieur Varin et le capitaine Mathieu, faisaient leur partie de cartes, il cognait les vitres avec ses ailes, et se démenait si furieusement qu'il était impossible de s'entendre.

La figure de Bourais, sans doute, lui paraissait très drôle. Dès qu'il l'apercevait, il commençait à rire, à rire de toutes ses forces. Les éclats de sa voix bondissaient dans la cour, l'écho les répétait, les voisins se mettaient à leurs fenêtres, riaient aussi; et, pour n'être pas vu du perroquet, M. Bourais se coulait le long du mur, en dissimulant son profil avec son chapeau, atteignait la rivière, puis entrait par la porte du jardin; et les regards qu'il envoyait à l'oiseau manquaient de tendresse.

Loulou avait reçu du garçon boucher une chiquenaude, s'étant permis d'enfoncer la tête dans sa corbeille; et depuis lors il tâchait toujours de le pincer à travers sa chemise. Fabu menaçait de lui tordre le cou, bien qu'il ne fût pas cruel, malgré le tatouage de ses bras et ses gros favoris. Au contraire! il avait plutôt du penchant pour le perroquet, jusqu'à vouloir, par humeur joviale, lui apprendre des jurons. Félicité, que ces manières effrayaient, le plaça dans la cuisine. Sa chaînette fut retirée, et il circulait par la maison.

Quand il descendait l'escalier, il appuyait sur les marches la courbe de son bec, levait la patte droite, puis la gauche; et elle avait peur qu'une telle gymnastique ne lui causât des étourdissements. Il devint malade, ne pouvant plus parler ni manger. C'était sous sa langue une épaisseur, comme en ont les poules quelquefois. Elle le guérit, en arrachant cette pellicule avec ses ongles. M. Paul, un jour, eut l'imprudence de lui souffler aux narines la

Since a long time the parrot had been on Félicité's mind, because he came from America, which reminded her of Victor, and she had approached the negro on the subject. Once even, she had said: "How glad Madame would be to have him!"

The negro had repeated this remark to his mistress who, not being able to keep the bird, took this means of getting rid of it.

IV

He was called Loulou. His body was green, his head blue, the tips of his wings were pink and his breast was golden.

But he had the tiresome mania of biting his perch, pulling his feathers out, scattering refuse and splashing the water from his bath. Madame Aubain grew tired of him and gave him to Félicité for good.

She undertook his education, and soon he was able to repeat: "Pretty boy! Your servant, sir! I salute you, Marie!" His perch was placed near the door and several persons were astonished that he did not answer to the name of "Jacquot," for every parrot is called Jacquot. They called him a turkey and a log, and these taunts were like so many dagger thrusts to Félicité! Strange stubbornness of Loulou which would not talk when people watched him!

Nevertheless, he sought society; for on Sunday, when *those* ladies Roche-feuille, Monsieur de Houppeville and the new habitués, Onfroy, the chemist, Monsieur Varin and Captain Mathieu, dropped in for their game of cards, he struck the window-panes with his wings and made such a racket that it was impossible to talk.

Bourais' face must have appeared very funny to Loulou. As soon as he saw him he would begin to laugh, to laugh with all his might. His voice re-echoed in the yard, and the neighbours would come to the windows and begin to laugh, too; and in order that the parrot might not see him, Monsieur Bourais edged along the wall, pushed his hat over his eyes to hide his profile, went down to the river, and entered by the garden door; and the looks he gave the bird lacked affection.

Loulou, having thrust his head into the butcher-boy's basket, received a slap, and from that time he always tried to nip his enemy through his shirt. Fabu threatened to wring his neck, although he was not cruelly inclined, notwithstanding his big whiskers and tattoos on his arms. On the contrary! he rather liked the parrot and, just for the fun of it, tried to teach him swear words. Félicité, whom his manner alarmed, put Loulou in the kitchen, took off his chain and let him walk all over the house.

When he went downstairs, he rested his beak on the steps, lifted his right foot and then his left one; but his mistress feared that such feats would give him vertigo. He became ill and was unable to talk or eat. There was a small growth under his tongue like those chickens are sometimes afflicted with. Félicité pulled it off with her nails and cured him. One day, Paul was imprudent enough to blow the smoke of his cigar up his nose; another time,

fumée d'un cigare; une autre fois que Mme Lormeau l'agaçait du bout de son ombrelle, il en happa la virole; enfin, il se perdit.

Elle l'avait posé sur l'herbe pour le rafraîchir, s'absenta une minute; et, quand elle revint, plus de perroquet! D'abord elle le chercha dans les buissons, au bord de l'eau et sur les toits, sans écouter sa maîtresse qui lui criait:—«Prenez donc garde! vous êtes folle!» Ensuite elle inspecta tous les jardins de Pont-l'Évêque; et elle arrêtait les passants.—«Vous n'auriez pas vu, quelquefois, par hasard, mon perroquet?» À ceux qui ne connaissaient pas le perroquet, elle en faisait la description. Tout à coup, elle crut distinguer derrière les moulins, au bas de la côte, une chose verte qui voltigeait. Mais au haut de la côte, rien! Un porte-balle lui affirma qu'il l'avait rencontré tout à l'heure, à Saint-Melaine, dans la boutique de la mère Simon. Elle y courut. On ne savait pas ce qu'elle voulait dire. Enfin elle rentra, épuisée, les savates en lambeaux, la mort dans l'âme; et, assise au milieu du banc, près de Madame, elle racontait toutes ses démarches, quand un poids léger lui tomba sur l'épaule, Loulou! Que diable avait-il fait? Peut-être qu'il s'était promené aux environs!

Elle eut du mal à s'en remettre, ou plutôt ne s'en remit jamais.

Par suite d'un refroidissement, il lui vint une angine; peu de temps après, un mal d'oreilles. Trois ans plus tard, elle était sourde; et elle parlait très haut, même à l'église. Bien que ses péchés auraient pu sans déshonneur pour elle, ni inconvénient pour le monde, se répandre à tous les coins du diocèse, M. le curé jugea convenable de ne plus recevoir sa confession que dans la sacristie.

Des bourdonnements illusoires achevaient de la troubler. Souvent sa maîtresse lui disait:—«Mon Dieu! comme vous êtes bête!» elle répliquait:—«Oui, Madame», en cherchant quelque chose autour d'elle.

Le petit cercle de ses idées se rétrécit encore, et le carillon des cloches, le mugissement des bœufs, n'existaient plus. Tous les êtres fonctionnaient avec le silence des fantômes. Un seul bruit arrivait maintenant à ses oreilles, la voix du perroquet.

Comme pour la distraire, il reproduisait le tic tac du tournebroche, l'appel aigu d'un vendeur de poisson, la scie du menuisier qui logeait en face; et, aux coups de la sonnette, imitait Mme Aubain,—«Félicité! la porte! la porte!»

Ils avaient des dialogues, lui, débitant à satiété les trois phrases de son répertoire, et elle, y répondant par des mots sans plus de suite, mais où son cœur s'épanchait. Loulou, dans son isolement, était presque un fils, un amoureux. Il escaladait ses doigts, mordillait ses lèvres, se cramponnait à son fichu; et, comme elle penchait son front en branlant la tête à la manière des nourrices, les grandes ailes du bonnet et les ailes de l'oiseau frémissaient ensemble.

Quand des nuages s'amoncelaient et que le tonnerre grondait, il poussait des cris, se rappelant peut-être les ondées de ses forêts natales. Le ruissellement de l'eau excitait son délire; il voletait éperdu, montait au plafond, renversait tout, et par la fenêtre allait barboter dans le jardin; mais revenait

Madame Lormeau was teasing him with the tip of her umbrella and he swallowed the tip. Finally he got lost.

She had put him on the grass to cool him and went away only for a second; when she returned, she found no parrot! She hunted among the bushes, on the bank of the river, and on the roofs, without paying any attention to Madame Aubain who screamed at her: "Take care! you must be insane!" Then she searched every garden in Pont-l'Évêque and stopped the passers-by to inquire of them: "Haven't you perhaps seen my parrot?" To those who had never seen the parrot, she described him. Suddenly she thought she saw something green fluttering behind the mills at the foot of the hill. But when she was at the top of the hill, she could not see it! A hod-carrier told her that he had just seen the bird in Saint-Melaine, in Mother Simon's store. She rushed to the place. The people did not know what she was talking about. At last she came home, exhausted, with her slippers worn to shreds, and despair in her soul. She sat down on the bench near Madame and was telling of her search when a light weight dropped on her shoulder—Loulou! What the deuce had he been doing? Perhaps he had just taken a little walk around the town!

She did not easily forget her scare, in fact, she never got over it.

In consequence of a cold, she caught a sore throat; and some time afterward she had an earache. Three years later she was stone deaf, and spoke in a very loud voice even in church. Although her sins might have been proclaimed throughout the diocese without any shame to herself, or ill effects to the community, the curé thought it advisable to receive her confession in the vestry-room.

Imaginary buzzings also added to her bewilderment. Her mistress often said to her: "My goodness, how stupid you are!" and she would answer: "Yes, Madame," and look for something.

The narrow circle of her ideas grew more restricted than it already was; the bellowing of the oxen, the chime of the bells no longer reached her intelligence. All things moved silently, like ghosts. Only one noise penetrated her ears: the parrot's voice.

As if to divert her mind, he reproduced for her the tick-tack of the spit in the kitchen, the shrill cry of the fish-vendors, the saw of the carpenter who had a shop opposite, and when the door-bell rang, he would imitate Madame Aubain: "Félicité! the door! the door!"

They held conversations together, Loulou repeating the three phrases of his repertory over and over, Félicité replying by words that had no greater meaning, but in which she poured out her feelings. In her isolation, Loulou was almost a son, a lover. He climbed upon her fingers, pecked at her lips, clung to her shawl, and when she rocked her head to and fro like a nurse, the big wings of her cap and the wings of the bird flapped in unison.

When clouds gathered on the horizon and the thunder rumbled, he would scream, perhaps because he remembered the storms in his native forests. The dripping of the rain would excite him to frenzy; he flapped around, rose to the roof, upset everything, and would finally fly into the garden to

vite sur un des chenets, et, sautillant pour sécher ses plumes, montrait tantôt sa queue, tantôt son bec.

Un matin du terrible hiver de 1837, qu'elle l'avait mis devant la cheminée,
à cause du froid, elle le trouva mort, au milieu de sa cage, la tête en bas, et
les ongles dans les fils de fer. Une congestion l'avait tué, sans doute? Elle
crut à un empoisonnement par le persil; et, malgré l'absence de toutes preu-
ves, ses soupçons portèrent sur Fabu.

Elle pleura tellement que sa maîtresse lui dit:—«Eh bien! faites-le em-
pailler!»

Elle demanda conseil au pharmacien, qui avait toujours été bon pour le
perroquet.

Il écrivit au Havre. Un certain Fellacher se chargea de cette besogne.
Mais, comme la diligence égarait parfois les colis, elle résolut de le porter
elle-même jusqu'à Honfleur.

Les pommiers sans feuilles se succédaient aux bords de la route. De la
glace couvrait les fossés. Des chiens aboyaient autour des fermes; et les
mains sous son mantelet, avec ses petits sabots noirs et son cabas, elle marchait prestement, sur le milieu du pavé.

Elle traversa la forêt, dépassa le Haut-Chêne, atteignit Saint-Gatien.

Derrière elle, dans un nuage de poussière et emportée par la descente,
une malle-poste au grand galop se précipitait comme une trombe. En voyant
cette femme qui ne se dérangeait pas, le conducteur se dressa par-dessus la
capote, et le postillon criait aussi, pendant que ses quatre chevaux qu'il ne
pouvait retenir accéléraient leur train; les deux premiers la frôlaient; d'une
secousse de ses guides, il les jeta dans le débord, mais furieux releva le bras,
et à pleine volée, avec son grand fouet, lui cingla du ventre au chignon un tel
coup qu'elle tomba sur le dos.

Son premier geste, quand elle reprit connaissance, fut d'ouvrir son panier.
Loulou n'avait rien, heureusement. Elle sentit une brûlure à la joue droite;
ses mains qu'elle y porta étaient rouges. Le sang coulait.

Elle s'assit sur un mètre de cailloux, se tamponna le visage avec son mouchoir, puis elle mangea une croûte de pain, mise dans son panier par précaution, et se consolait de sa blessure en regardant l'oiseau.

Arrivée au sommet d'Écquemauville, elle aperçut les lumières de Honfleur qui scintillaient dans la nuit comme une quantité d'étoiles; la mer, plus
loin, s'étalait confusément. Alors une faiblesse l'arrêta; et la misère de son
enfance, la déception du premier amour, le départ de son neveu, la mort de
Virginie, comme les flots d'une marée, revinrent à la fois, et, lui montant à
la gorge, l'étouffaient.

Puis elle voulut parler au capitaine du bateau; et, sans dire ce qu'elle envoyait, lui fit des recommandations.

Fellacher garda longtemps le perroquet. Il le promettait toujours pour la
semaine prochaine; au bout de six mois, il annonça le départ d'une caisse;
et il n'en fut plus question. C'était à croire que jamais Loulou ne reviendrait.
«Ils me l'auront volé!» pensait-elle.

splash around. But he would soon come back, light on one of the andirons, hop around in order to dry his feathers, showing now his tail, and now his beak.

One morning during the terrible winter of 1837, when she had put him in front of the fire-place on account of the cold, she found him dead in his cage, hanging to the wire bars with his head down. He had probably died of congestion. But she believed that he had been poisoned, and although she had no proofs whatever, her suspicion rested on Fabu.

She wept so sorely that her mistress said: "Why don't you have him stuffed?"

She asked the advice of the chemist, who had always been kind to the parrot.

He wrote to Havre for her. A certain man named Fellacher consented to do the work. But, as the diligence driver often lost parcels entrusted to him, she resolved to take her pet to Honfleur herself.

Leafless apple-trees lined the edges of the road. The ditches were covered with ice. The dogs on the neighbouring farms barked; and Félicité, with her hands beneath her cape, her little black sabots and her basket, trotted along nimbly in the middle of the sidewalk.

She crossed the forest, passed by the Haut-Chêne and reached Saint-Gatien.

Behind her, in a cloud of dust and impelled by the steep incline, a mail-coach drawn by galloping horses advanced like a whirlwind. When he saw a woman in the middle of the road, who did not get out of the way, the driver stood up in his seat and shouted to her and so did the postilion, while the four horses, which he could not hold back, accelerated their pace; the two leaders were almost upon her; with a jerk of the reins he threw them to one side, but, furious at the incident, he lifted his big whip and lashed her from her head to her feet with such violence that she fell to the ground unconscious.

Her first gesture, when she recovered her senses, was to open her basket. Fortunately, Loulou was unharmed. She felt a sting on her right cheek; when she raised her hands to it, they were red. The blood was flowing.

She sat down on a pile of stones, and sopped her face with her handkerchief; then she ate a crust of bread she had put in her basket just in case, and consoled herself for her wound by looking at the bird.

Arriving at the top of Ecquemauville, she saw the lights of Honfleur shining in the night like so many stars; further on, the ocean spread out in a confused mass. Then a weakness came over her; the misery of her childhood, the disappointment of her first love, the departure of her nephew, the death of Virginia; all these things came back to her at once, and, rising like a swelling tide in her throat, choked her.

Then she wished to speak to the captain of the vessel, and without stating what she was sending, she gave him some instructions.

Fellacher kept the parrot a long time. He always promised that it would be ready for the following week; after six months he announced the shipment of a case, and that was the end of it. Really, it seemed as if Loulou would never come back to his home. "They have stolen him!" she thought.

Enfin il arriva,—et splendide, droit sur une branche d'arbre, qui se vissait dans un socle d'acajou, une patte en l'air, la tête oblique, et mordant une noix, que l'empailleur par amour du grandiose avait dorée.

Elle l'enferma dans sa chambre.

Cet endroit, où elle admettait peu de monde, avait l'air tout à la fois d'une chapelle et d'un bazar, tant il contenait d'objets religieux et de choses hétéroclites.

Une grande armoire gênait pour ouvrir la porte. En face de la fenêtre surplombant le jardin, un œil-de-bœuf regardait la cour; une table, près du lit de sangle, supportait un pot à l'eau, deux peignes et un cube de savon bleu dans une assiette ébréchée. On voyait contre les murs: des chapelets, des médailles, plusieurs bonnes Vierges, un bénitier en noix de coco; sur la commode, couverte d'un drap comme un autel, la boîte en coquillages que lui avait donnée Victor; puis un arrosoir et un ballon, des cahiers d'écriture, la géographie en estampes, une paire de bottines; et au clou du miroir, accroché par ses rubans, le petit chapeau de peluche! Félicité poussait même ce genre de respect si loin, qu'elle conservait une des redingotes de Monsieur. Toutes les vieilleries dont ne voulait plus Mme Aubain, elle les prenait pour sa chambre. C'est ainsi qu'il y avait des fleurs artificielles au bord de la commode, et le portrait du comte d'Artois dans l'enfoncement de la lucarne.

Au moyen d'une planchette, Loulou fut établi sur un corps de cheminée qui avançait dans l'appartement. Chaque matin, en s'éveillant, elle l'apercevait à la clarté de l'aube; et se rappelait alors les jours disparus, et d'insignifiantes actions jusqu'en leurs moindres détails, sans douleur, pleine de tranquillité.

Ne communiquant avec personne, elle vivait dans une torpeur de somnambule. Les processions de la Fête-Dieu la ranimaient. Elle allait quêter chez les voisines des flambeaux et des paillassons, afin d'embellir le reposoir que l'on dressait dans la rue.

À l'église, elle contemplait toujours le Saint-Esprit, et observa qu'il avait quelque chose du perroquet. Sa ressemblance lui parut encore plus manifeste sur une image d'Épinal, représentant le baptême de Notre-Seigneur. Avec ses ailes de pourpre et son corps d'émeraude, c'était vraiment le portrait de Loulou.

L'ayant acheté, elle le suspendit à la place du comte d'Artois,—de sorte que, du même coup d'œil, elle les voyait ensemble. Ils s'associèrent dans sa pensée, le perroquet se trouvant sanctifié par ce rapport avec le Saint-Esprit, qui devenait plus vivant à ses yeux et intelligible. Le Père, pour s'énoncer, n'avait pu choisir une colombe, puisque ces bêtes-là n'ont pas de voix, mais plutôt un des ancêtres de Loulou. Et Félicité priait en regardant l'image, mais de temps à autre se tournait un peu vers l'oiseau.

Elle eut envie de se mettre dans les demoiselles de la Vierge. Mme Aubain l'en dissuada.

Un événement considérable surgit: le mariage de Paul.

Finally he arrived, splendid, sitting upright on the branch of a tree which could be screwed into a mahogany pedestal, with his foot in the air, his head on one side, and in his beak a nut which the taxidermist, from love of the sumptuous, had gilded.

She put him in her room.

This place, to which only a chosen few were admitted, looked like a chapel and a bazaar, so filled was it with religious objects and heteroclite things.

The door could not be opened easily on account of the presence of a large wardrobe. Opposite the window that looked out into the garden, a bull's-eye opened on the yard; a table was placed by the cot and held a washbasin, two combs, and a piece of blue soap in a broken saucer. On the walls were rosaries, medals, a number of Holy Virgins, and a holy-water basin made out of a cocoanut; on the bureau, which was covered with a napkin like an altar, stood the box of shells that Victor had given her; also a watering-can and a balloon, writing-books, the engraved geography and a pair of shoes; on the nail which held the mirror, hung the little plush hat! Félicité carried this sort of respect so far that she even kept one of Monsieur's coats. All the things which Madame Aubain discarded, Félicité begged for her own room. Thus, she had artificial flowers on the edge of the bureau, and the picture of the Comte d'Artois in the recess of the window.

By means of a board, Loulou was set on a portion of the chimney which advanced into the room. Every morning when she awoke, she saw him in the dim light of dawn and recalled bygone days and the smallest details of insignificant actions, without any sense of bitterness, full of tranquillity.

As she was unable to communicate with people, she lived in a sort of somnambulistic torpor. The processions of Corpus-Christi Day seemed to wake her up. She visited the neighbours to beg for candlesticks and mats so as to adorn the temporary altars in the street.

In church, she always gazed at the Holy Ghost, and noticed that there was something about it that resembled a parrot. The likeness appeared even more striking on a coloured picture by Epinal, representing the baptism of our Saviour. With his scarlet wings and emerald body, it was really the image of Loulou.

Having bought the picture, she hung it near the one of the Comte d'Artois so that she could take them in at one glance. They associated in her mind, the parrot becoming sanctified through the neighbourhood of the Holy Ghost, and the latter becoming more lifelike in her eyes, and more comprehensible. In all probability the Father had never chosen as messenger a dove, as the latter has no voice, but rather one of Loulou's ancestors. And Félicité said her prayers in front of the coloured picture, though from time to time she turned slightly toward the bird.

She desired very much to enter in the ranks of the "Daughters of the Virgin." But Madame Aubain dissuaded her from it.

A most important event occurred: Paul's marriage.

Après avoir été d'abord clerc de notaire, puis dans le commerce, dans la douane, dans les contributions, et même avoir commencé des démarches pour les eaux et forêts, à trente-six ans, tout à coup, par une inspiration du ciel, il avait découvert sa voie: l'enregistrement! et y montrait de si hautes facultés qu'un vérificateur lui avait offert sa fille, en lui promettant sa protection.

Paul, devenu sérieux, l'amena chez sa mère.

Elle dénigra les usages de Pont-l'Évêque, fit la princesse, blessa Félicité. Mme Aubain, à son départ, sentit un allégement.

La semaine suivante, on apprit la mort de M. Bourais, en basse Bretagne, dans une auberge. La rumeur d'un suicide se confirma; des doutes s'élevèrent sur sa probité. Mme Aubain étudia ses comptes, et ne tarda pas à connaître la kyrielle de ses noirceurs: détournements d'arrérages, ventes de bois dissimulées, fausses quittances, etc. De plus, il avait un enfant naturel, et «des relations avec une personne de Dozulé».

Ces turpitudes l'affligèrent beaucoup. Au mois de mars 1853, elle fut prise d'une douleur dans la poitrine; sa langue paraissait couverte de fumée, les sangsues ne calmèrent pas l'oppression; et le neuvième soir elle expira, ayant juste soixante-douze ans.

On la croyait moins vieille, à cause de ses cheveux bruns, dont les bandeaux entouraient sa figure blême, marquée de petite vérole. Peu d'amis la regrettèrent, ses façons étant d'une hauteur qui éloignait.

Félicité la pleura, comme on ne pleure pas les maîtres. Que Madame mourût avant elle, cela troublait ses idées, lui semblait contraire à l'ordre des choses, inadmissible et monstrueux.

Dix jours après (le temps d'accourir de Besançon), les héritiers survinrent. La bru fouilla les tiroirs, choisit des meubles, vendit les autres, puis ils regagnèrent l'enregistrement.

Le fauteuil de Madame, son guéridon, sa chaufferette, les huit chaises, étaient partis! La place des gravures se dessinait en carrés jaunes au milieu des cloisons. Ils avaient emporté les deux couchettes, avec leurs matelas, et dans le placard on ne voyait plus rien de toutes les affaires de Virginie! Félicité remonta les étages, ivre de tristesse.

Le lendemain il y avait sur la porte une affiche; l'apothicaire lui cria dans l'oreille que la maison était à vendre.

Elle chancela, et fut obligée de s'asseoir.

Ce qui la désolait principalement, c'était d'abandonner sa chambre,—si commode pour le pauvre Loulou. En l'enveloppant d'un regard d'angoisse, elle implorait le Saint-Esprit, et contracta l'habitude idolâtre de dire ses oraisons agenouillée devant le perroquet. Quelquefois, le soleil entrant par la lucarne frappait son œil de verre, et en faisait jaillir un grand rayon lumineux qui la mettait en extase.

Elle avait une rente de trois cent quatre-vingts francs, léguée par sa maîtresse. Le jardin lui fournissait des légumes. Quant aux habits, elle possédait de quoi se vêtir jusqu'à la fin de ses jours, et épargnait l'éclairage en se couchant dès le crépuscule.

After being first a notary's clerk, then in business, then in the customs, and a tax collector, and having even applied for a position in the administration of woods and forests, he had at last, when he was thirty-six years old, by a divine inspiration, found his vocation: registrature! and he displayed such a high ability that an inspector had offered him his daughter and his protection.

Paul, who had become quite settled, brought his bride to visit his mother.

But she looked down upon the customs of Pont-l'Évêque, put on airs, and hurt Félicité's feelings. Madame Aubain felt relieved when she left.

The following week they learned of Monsieur Bourais' death in an inn in Lower Brittany. There were rumours of suicide, which were confirmed; doubts concerning his integrity arose. Madame Aubain looked over her accounts and soon discovered his numerous misdeeds: embezzlement of arrears, sales of wood which had been concealed from her, false receipts, etc. Furthermore, he had an illegitimate child, and "a relationship with a person from Dozulé."

These base actions affected her very much. In March, 1853, she developed a pain in her chest; her tongue looked as if it were coated with smoke, and the leeches they applied did not relieve her oppression; and on the ninth evening she died, being just seventy-two years old.

People thought that she was younger, because her hair, which she wore in bands framing her pale, pockmarked face, was brown. Few friends regretted her loss, for her manner was so haughty that she did not attract them.

Félicité mourned for her as servants seldom mourn for their masters. The fact that Madame should die before herself perplexed her mind and seemed contrary to the order of things, and absolutely monstrous and inadmissible.

Ten days later (the time to journey from Besançon), the heirs arrived. Her daughter-in-law ransacked the drawers, kept some of the furniture, and sold the rest; then they went back to the registry office.

Madame's armchair, work-table, foot-warmer, the eight chairs, everything was gone! The places occupied by the pictures formed yellow squares on the walls. They had taken the two little beds, along with their mattresses, and the wardrobe had been emptied of Virginia's belongings! Félicité went upstairs, overcome with grief.

The following day a sign was posted on the door; the chemist screamed in her ear that the house was for sale.

For a moment she tottered, and had to sit down.

What hurt her most was to give up her room,—so nice for poor Loulou. She looked at him in despair and implored the Holy Ghost, and it was this way that she contracted the idolatrous habit of saying her prayers kneeling in front of the parrot. Sometimes the sun fell through the window on his glass eye, and lighted a great spark in it which sent her into ecstasy.

Her mistress had left her an income of three hundred and eighty francs. The garden supplied her with vegetables. As for clothes, she had enough to last her till the end of her days, and she economized on the light by going to bed at dusk.

Elle ne sortait guère, afin d'éviter la boutique du brocanteur, où s'étalaient quelques-uns des anciens meubles. Depuis son étourdissement, elle traînait une jambe; et, ses forces diminuant, la mère Simon, ruinée dans l'épicerie, venait tous les matins fendre son bois et pomper de l'eau.

Ses yeux s'affaiblirent. Les persiennes n'ouvraient plus. Bien des années se passèrent. Et la maison ne se louait pas, et ne se vendait pas.

Dans la crainte qu'on ne la renvoyât, Félicité ne demandait aucune réparation. Les lattes du toit pourrissaient; pendant tout un hiver son traversin fut mouillé. Après Pâques, elle cracha du sang.

Alors la mère Simon eut recours à un docteur. Félicité voulut savoir ce qu'elle avait. Mais, trop sourde pour entendre, un seul mot lui parvint: «Pneumonie.» Il lui était connu, et elle répliqua doucement: —«Ah! comme Madame,» trouvant naturel de suivre sa maîtresse.

Le moment des reposoirs approchait.

Le premier était toujours au bas de la côte, le second devant la poste, le troisième vers le milieu de la rue. Il y eut des rivalités à propos de celui-là; et les paroissiennes choisirent finalement la cour de Mme Aubain.

Les oppressions et la fièvre augmentaient. Félicité se chagrinait de ne rien faire pour le reposoir. Au moins, si elle avait pu y mettre quelque chose! Alors elle songea au perroquet. Ce n'était pas convenable, objectèrent les voisines. Mais le curé accorda cette permission; elle en fut tellement heureuse qu'elle le pria d'accepter, quand elle serait morte, Loulou, sa seule richesse.

Du mardi au samedi, veille de la Fête-Dieu, elle toussa plus fréquemment. Le soir son visage était grippé, ses lèvres se collaient à ses gencives, des vomissements parurent; et le lendemain, au petit jour, se sentant très bas, elle fit appeler un prêtre.

Trois bonnes femmes l'entouraient pendant l'extrême onction. Puis elle déclara qu'elle avait besoin de parler à Fabu.

Il arriva en toilette des dimanches, mal à son aise dans cette atmosphère lugubre.

—«Pardonnez-moi», dit-elle avec un effort pour étendre le bras, «je croyais que c'était vous qui l'aviez tué!»

Que signifiaient des potins pareils? L'avoir soupçonné d'un meurtre, un homme comme lui! et il s'indignait, allait faire du tapage.—«Elle n'a plus sa tête, vous voyez bien!»

Félicité de temps à autre parlait à des ombres. Les bonnes femmes s'éloignèrent. La Simonne déjeuna.

Un peu plus tard, elle prit Loulou, et, l'approchant de Félicité:

—«Allons! dites-lui adieu!»

Bien qu'il ne fût pas un cadavre, les vers le dévoraient; une de ses ailes était cassée, l'étoupe lui sortait du ventre. Mais, aveugle à présent, elle le baisa au front, et le gardait contre sa joue. La Simonne le reprit, pour le mettre sur le reposoir.

She rarely went out, in order to avoid passing in front of the second-hand dealer's shop where there was some of the old furniture. Since her fainting spell, she dragged her leg, and as her strength was failing rapidly, Mother Simon, who had lost her money in the grocery business, came every morning to chop the wood and pump the water.

Her eyesight grew dim. She did not open the shutters after that. Many years passed. But the house did not sell or rent.

Fearing that she would be put out, Félicité did not ask for repairs. The laths of the roof were rotting away, and during one whole winter her bolster was wet. After Easter she spit blood.

Then Mother Simon went for a doctor. Félicité wished to know what her complaint was. But, being too deaf to hear, she caught only one word: "Pneumonia." She was familiar with it and gently answered:—"Ah! like Madame," thinking it quite natural that she should follow her mistress.

The time for the altars in the street drew near.

The first one was always erected at the foot of the hill, the second in front of the post-office, and the third in the middle of the street. This position occasioned some rivalry among the women and they finally decided upon Madame Aubain's yard.

Félicité's difficulty in breathing and fever grew worse. She was sorry that she could not do anything for the altar. If she could, at least, have contributed something toward it! Then she thought of the parrot. Her neighbours objected that it would not be proper. But the curé gave his permission; she was so grateful for it that she begged him to accept after her death, her only treasure, Loulou.

From Tuesday until Saturday, the day before the event, she coughed more frequently. In the evening her face was contracted, her lips stuck to her gums and she began to vomit; and on the following day, at first light, she felt so low that she called for a priest.

Three good women surrounded her when the dominie administered the Extreme Unction. Afterwards she said that she wished to speak to Fabu.

He arrived in his Sunday clothes, very ill at ease among the funereal surroundings.

"Forgive me," she said, making an effort to extend her arm, "I believed it was you who killed him!"

What did such accusations mean? Suspect a man like him of murder! And he became indignant and was about to make trouble. "Don't you see she is not in her right mind?"

From time to time Félicité spoke to shadows. The good women left her. Mother Simon sat down to breakfast.

A little later, she took Loulou and holding him up to Félicité:

"Say good-bye to him, now!"

Although he was not a corpse, he was eaten up by worms; one of his wings was broken and the wadding was coming out of his stomach. But Félicité was blind now, and she kissed him on his forehead and laid him against her cheek. Then Mother Simon removed him in order to set him on the altar.

V

Les herbages envoyaient l'odeur de l'été; des mouches bourdonnaient; le soleil faisait luire la rivière, chauffait les ardoises. La mère Simon, revenue dans la chambre, s'endormait doucement.

Des coups de cloche la réveillèrent; on sortait des vêpres. Le délire de Félicité tomba. En songeant à la procession, elle la voyait, comme si elle l'eût suivie.

Tous les enfants des écoles, les chantres et les pompiers marchaient sur les trottoirs, tandis qu'au milieu de la rue, s'avançaient premièrement: le suisse armé de sa hallebarde, le bedeau avec une grande croix, l'instituteur surveillant les gamins, la religieuse inquiète de ses petites filles; trois des plus mignonnes, frisées comme des anges, jetaient dans l'air des pétales de roses; le diacre, les bras écartés, modérait la musique; et deux encenseurs se retournaient à chaque pas vers le Saint-Sacrement, que portait, sous un dais de velours ponceau tenu par quatre fabriciens, M. le curé, dans sa belle chasuble. Un flot de monde se poussait derrière, entre les nappes blanches couvrant le mur des maisons; et l'on arriva au bas de la côte.

Une sueur froide mouillait les tempes de Félicité. La Simonne l'épongeait avec un linge, en se disant qu'un jour il lui faudrait passer par là.

Le murmure de la foule grossit, fut un moment très fort, s'éloignait.

Une fusillade ébranla les carreaux. C'était les postillons saluant l'ostensoir. Félicité roula ses prunelles, et elle dit, le moins bas qu'elle put:
—«Est-il bien?» tourmentée du perroquet.

Son agonie commença. Un râle, de plus en plus précipité, lui soulevait les côtes. Des bouillons d'écume venaient aux coins de sa bouche, et tout son corps tremblait.

Bientôt, on distingua le ronflement des ophicléides, les voix claires des enfants, la voix profonde des hommes. Tout se taisait par intervalles, et le battement des pas, que des fleurs amortissaient, faisait le bruit d'un troupeau sur du gazon.

Le clergé parut dans la cour. La Simonne grimpa sur une chaise pour atteindre à l'œil-de-bœuf, et de cette manière dominait le reposoir.

Des guirlandes vertes pendaient sur l'autel, orné d'un falbala en point d'Angleterre. Il y avait au milieu un petit cadre enfermant des reliques, deux orangers dans les angles, et, tout le long, des flambeaux d'argent et des vases en porcelaine, d'où s'élançaient des tournesols, des lis, des pivoines, des digitales, des touffes d'hortensias. Ce monceau de couleurs éclatantes descendait obliquement, du premier étage jusqu'au tapis se prolongeant sur les pavés; et des choses rares tiraient les yeux. Un sucrier de vermeil avait une couronne de violettes, des pendeloques en pierres d'Alençon brillaient sur de la mousse, deux écrans chinois montraient leurs paysages. Loulou, caché sous des roses, ne laissait voir que son front bleu, pareil à une plaque de lapis.

V

The grass exhaled an odour of summer; flies buzzed in the air, the sun shone on the river and warmed the slated roof. Mother Simon had returned to Félicité and was peacefully falling asleep.

The ringing of bells woke her; the people were coming out of church. Félicité's delirium subsided. By thinking of the procession, she was able to see it as if she had taken part in it.

All the school-children, the singers and the firemen walked on the sidewalks, while in the middle of the street came first the custodian of the church with his halberd, then the beadle with a large cross, the teacher in charge of the boys and a sister escorting the little girls; three of the smallest ones, with curly heads, threw rose leaves into the air; the deacon with outstretched arms conducted the music; and two incense-bearers turned with each step they took toward the Holy Sacrament, which was carried by M. le Curé, attired in his fine chasuble and walking under a canopy of red velvet supported by four churchwardens. A crowd of people followed, jammed between the walls of the houses hung with white sheets; at last the procession arrived at the foot of the hill.

A cold sweat broke out on Félicité's temples. Mother Simon wiped it away with a cloth, saying inwardly that some day she would have to go through the same thing herself.

The murmur of the crowd grew louder, was very distinct for a moment and then died away.

A volley of musketry shook the window-panes. It was the postilions saluting the Sacrament. Félicité rolled her eyes and said as loudly as she could:

"Is he all right?" worrying about the parrot.

Her death agony began. A rattle that grew more and more rapid shook her body. Froth appeared at the corners of her mouth, and her whole frame trembled.

In a little while could be heard the music of the bass horns, the clear voices of the children and the men's deeper notes. At intervals all was still, and their shoes, cushioned by the flowers, sounded like a herd of cattle passing over the grass.

The clergy appeared in the yard. Mother Simon climbed on a chair to reach the bull's-eye, and in this manner could see the altar.

It was covered with a flounce in English point lace and draped with green garlands. In the middle stood a little frame containing relics; at the corners were two little orange-trees, and all along the edge were silver candlesticks, porcelain vases containing sunflowers, lilies, peonies, foxgloves, and tufts of hydrangeas. This mound of bright colours descended in a sloping line from the first floor to the carpet that covered the sidewalk. Rare objects arrested one's eye. A golden sugar-bowl was crowned with violets, earrings set with Alençon stones were displayed on green moss, and two Chinese screens with their landscapes were near by. Loulou, hidden beneath roses, showed nothing but his blue head which looked like a piece of lapis lazuli.

Les fabriciens, les chantres, les enfants se rangèrent sur les trois côtés de la cour. Le prêtre gravit lentement les marches, et posa sur la dentelle son grand soleil d'or qui rayonnait. Tous s'agenouillèrent. Il se fit un grand silence. Et les encensoirs, allant à pleine volée, glissaient sur leurs chaînettes.

Une vapeur d'azur monta dans la chambre de Félicité. Elle avança les narines, en la humant avec une sensualité mystique; puis ferma les paupières. Ses lèvres souriaient. Les mouvements de son cœur se ralentirent un peu, plus vagues chaque fois, plus doux, comme une fontaine s'épuise, comme un écho disparaît; et, quand elle exhala son dernier souffle, elle crut voir, dans les cieux entrouverts, un perroquet gigantesque, planant au-dessus de sa tête.

The churchwardens, the singers, and the children lined up against the three sides of the yard. Slowly the priest ascended the steps and placed his great shining golden sun on the lace cloth. Everybody knelt. There was deep silence; and the censers slipping on their chains were swung high in the air.

A blue vapour rose in Félicité's room. She opened her nostrils and inhaled it with a mystic sensuousness; then she closed her lids. Her lips smiled. The beats of her heart grew slower and slower, vaguer and more gentle like a fountain giving out, like an echo dying away; and when she exhaled her last breath, she thought she saw in the half-opened heavens a gigantic parrot hovering above her head.

La légende de Saint Julien l'Hospitalier

I

Le père et la mère de Julien habitaient un château, au milieu des bois, sur la pente d'une colline.

Les quatre tours aux angles avaient des toits pointus recouverts d'écailles de plomb, et la base des murs s'appuyait sur les quartiers de rocs, qui dévalaient abruptement jusqu'au fond des douves.

Les pavés de la cour étaient nets comme le dallage d'une église. De longues gouttières, figurant des dragons la gueule en bas, crachaient l'eau des pluies vers la citerne; et sur le bord des fenêtres, à tous les étages, dans un pot d'argile peinte, un basilic ou un héliotrope s'épanouissait.

Une seconde enceinte, faite de pieux, comprenait d'abord un verger d'arbres à fruits, ensuite un parterre où des combinaisons de fleurs dessinaient des chiffres, puis une treille avec des berceaux pour prendre le frais, et un jeu de mail qui servait au divertissement des pages. De l'autre côté se trouvaient le chenil, les écuries, la boulangerie, le pressoir et les granges. Un pâturage de gazon vert se développait tout autour, enclos lui-même d'une forte haie d'épines.

On vivait en paix depuis si longtemps que la herse ne s'abaissait plus; les fossés étaient pleins d'eau; des hirondelles faisaient leur nid dans la fente des créneaux; et l'archer qui tout le long du jour se promenait sur la courtine, dès que le soleil brillait trop fort rentrait dans l'échauguette, et s'endormait comme un moine.

À l'intérieur, les ferrures partout reluisaient; des tapisseries dans les chambres protégeaient du froid; et les armoires regorgeaient de linge, les tonnes de vin s'empilaient dans les celliers, les coffres de chêne craquaient sous le poids des sacs d'argent.

On voyait dans la salle d'armes, entre des étendards et des mufles de bêtes fauves, des armes de tous les temps et de toutes les nations, depuis les frondes des Amalécites et les javelots des Garamantes jusqu'aux braquemarts des Sarrasins et aux cottes de mailles des Normands.

La maîtresse broche de la cuisine pouvait faire tourner un bœuf; la chapelle était somptueuse comme l'oratoire d'un roi. Il y avait même, dans un

The Legend of Saint Julian The Hospitaller

I

Julian's father and mother dwelt in a castle built on the slope of a hill, in the heart of the woods.

The towers at its four corners had pointed roofs covered with leaden tiles, and the foundation rested upon solid rocks, which descended abruptly to the bottom of the moat.

In the courtyard, the stone flagging was as immaculate as the floor of a church. Long rain-spouts, representing dragons with yawning jaws, directed the water towards the cistern, and on the window sills on each floor a basil or a heliotrope bush bloomed, in painted flower-pots.

A second enclosure, surrounded by a fence, comprised a fruit-orchard, a garden decorated with figures wrought in different varieties of flowers, an arbour with several bowers for taking the air, and a mall for the diversion of the pages. On the other side were the kennel, the stables, the bakery, the wine-press and the barns. Around these spread a pasture, also enclosed by a strong hedge of thorn.

Peace had reigned so long that the portcullis was never lowered; the moats were filled with water; swallows built their nests in the cracks of the battlements, and as soon as the sun shone too strongly, the archer who all day long paced to and fro on the curtain, withdrew to the watch-tower and slept soundly.

Inside the castle, the locks on the doors shone brightly; costly tapestries hung in the apartments to keep out the cold; the closets overflowed with linen, the cellar was filled with casks of wine, and the oak chests fairly groaned under the weight of money-bags.

In the armoury could be seen, between banners and the heads of wild beasts, weapons of all nations and of all ages, from the slings of the Amalekites and the javelins of the Garamantes, to the broad-swords of the Saracens and the coats of mail of the Normans.

The largest spit in the kitchen could hold an ox; the chapel was as gorgeous as a king's oratory. There was even a Roman bath in a secluded part

endroit écarté, une étuve à la romaine; mais le bon seigneur s'en privait, estimant que c'est un usage des idolâtres.

Toujours enveloppé d'une pelisse de renard, il se promenait dans sa maison, rendait la justice à ses vassaux, apaisait les querelles de ses voisins. Pendant l'hiver, il regardait les flocons de neige tomber, ou se faisait lire des histoires. Dès les premiers beaux jours, il s'en allait sur sa mule le long des petits chemins, au bord des blés qui verdoyaient, et causait avec les manants, auxquels il donnait des conseils. Après beaucoup d'aventures, il avait pris pour femme une demoiselle de haut lignage.

Elle était très blanche, un peu fière et sérieuse. Les cornes de son hennin frôlaient le linteau des portes; la queue de sa robe de drap traînait de trois pas derrière elle. Son domestique était réglé comme l'intérieur d'un monastère; chaque matin elle distribuait la besogne à ses servantes, surveillait les confitures et les onguents, filait à la quenouille ou brodait des nappes d'autel. À force de prier Dieu, il lui vint un fils.

Alors il y eut de grandes réjouissances, et un repas qui dura trois jours et quatre nuits, dans l'illumination des flambeaux, au son des harpes, sur des jonchées de feuillages. On y mangea les plus rares épices, avec des poules grosses comme des moutons; par divertissement, un nain sortit d'un pâté et, les écuelles ne suffisant plus, car la foule augmentait toujours, on fut obligé de boire dans les oliphants et dans les casques.

La nouvelle accouchée n'assista pas à ces fêtes. Elle se tenait dans son lit, tranquillement. Un soir, elle se réveilla, et elle aperçut, sous un rayon de la lune qui entrait par la fenêtre, comme une ombre mouvante. C'était un vieillard en froc de bure, avec un chapelet au côté, une besace sur l'épaule, toute l'apparence d'un ermite. Il s'approcha de son chevet et lui dit, sans desserrer les lèvres:

—«Réjouis-toi, ô mère! ton fils sera un saint!»

Elle allait crier; mais, glissant sur le rais de la lune, il s'éleva dans l'air doucement, puis disparut. Les chants du banquet éclatèrent plus fort. Elle entendit les voix des anges; et sa tête retomba sur l'oreiller, que dominait un os de martyr dans un cadre d'escarboucles.

Le lendemain, tous les serviteurs interrogés déclarèrent qu'ils n'avaient pas vu d'ermite. Songe ou réalité, cela devait être une communication du ciel; mais elle eut soin de n'en rien dire, ayant peur qu'on ne l'accusât d'orgueil.

Les convives s'en allèrent au petit jour; et le père de Julien se trouvait en dehors de la poterne, où il venait de reconduire le dernier, quand tout à coup un mendiant se dressa devant lui, dans le brouillard. C'était un Bohême à barbe tressée, avec des anneaux d'argent aux deux bras et les prunelles flamboyantes. Il bégaya d'un air inspiré ces mots sans suite:

—«Ah! ah! ton fils!... beaucoup de sang!... beaucoup de gloire!... toujours heureux! la famille d'un empereur.»

Et, se baissant pour ramasser son aumône, il se perdit dans l'herbe, s'évanouit.

of the castle, though the good lord of the manor refrained from using it, as he deemed it a heathenish practice.

Wrapped always in a cape made of fox-skins, he wandered about the castle, rendered justice among his vassals and settled his neighbours' quarrels. In the winter, he gazed dreamily at the falling snow, or had stories read aloud to him. But as soon as the fine weather returned, he would mount his mule and sally forth into the country roads, edged with ripening wheat, to talk with the peasants, to whom he distributed advice. After a number of adventures he took unto himself a wife of high lineage.

She was very pale, and a little haughty and serious. The horns of her head-dress touched the top of the doors and the hem of her gown trailed three paces behind her. She conducted her household like a cloister. Every morning she distributed work to the maids, supervised the making of preserves and unguents, and afterwards passed her time in spinning, or in embroidering altar-cloths. In response to her fervent prayers, God granted her a son.

Then there was great rejoicing; and they gave a feast which lasted three days and four nights, with illuminations and the sound of harps; the floors were strewn with leaves. Chickens as large as sheep, and the rarest spices were served; for the entertainment of the guests, a dwarf crept out of a pie; and when the bowls were too few, for the crowd swelled continuously, the wine was drunk from helmets and hunting-horns.

The young mother did not appear at the feast. She was quietly resting in bed. One night she awoke, and beheld in a moonbeam that crept through the window something that looked like a moving shadow. It was an old man clad in sackcloth, who resembled a hermit. A rosary dangled at his side and he carried a beggar's sack on his shoulder. He approached the foot of the bed, and without opening his lips said:

"Rejoice, O mother! Thy son shall be a saint!"

She would have cried out, but he, gliding along the moonbeam, rose gently through the air and disappeared. The songs of the banqueters grew louder. She could hear angels' voices, and her head sank back on the pillow, which was surmounted by the bone of a martyr, framed in precious stones.

The following day, the servants, upon being questioned, declared that they had seen no hermit. Then, whether dream or fact, this must certainly have been a communication from heaven; but she took care not to speak of it, lest she should be accused of presumption.

The guests departed at daybreak, and Julian's father stood at the castle gate, where he had just bidden farewell to the last one, when a beggar suddenly emerged from the mist and confronted him. He was a gipsy—for he had a braided beard and wore silver bracelets on each arm. His eyes burned and, in an inspired way, he muttered some disconnected words:

"Ah! Ah! thy son!... great bloodshed!... great glory!... happy always! an emperor's family."

Then he stooped to pick up the alms thrown to him, and disappeared in the tall grass.

Le bon châtelain regarda de droite et de gauche, appela tant qu'il put. Personne! Le vent sifflait, les brumes du matin s'envolaient.

Il attribua cette vision à la fatigue de sa tête pour avoir trop peu dormi. «Si j'en parle, on se moquera de moi,» se dit-il. Cependant les splendeurs destinées à son fils l'éblouissaient, bien que la promesse n'en fût pas claire et qu'il doutât même de l'avoir entendue.

Les époux se cachèrent leur secret. Mais tous deux chérissaient l'enfant d'un pareil amour; et, le respectant comme marqué de Dieu, ils eurent pour sa personne des égards infinis. Sa couchette était rembourrée du plus fin duvet; une lampe en forme de colombe brûlait dessus, continuellement; trois nourrices le berçaient; et, bien serré dans ses langes, la mine rose et les yeux bleus, avec son manteau de brocart et son béguin chargé de perles, il ressemblait à un petit Jésus. Les dents lui poussèrent sans qu'il pleurât une seule fois.

Quand il eut sept ans, sa mère lui apprit à chanter. Pour le rendre courageux, son père le hissa sur un gros cheval. L'enfant souriait d'aise, et ne tarda pas à savoir tout ce qui concerne les destriers.

Un vieux moine très savant lui enseigna l'Écriture sainte, la numération des Arabes, les lettres latines, et à faire sur le vélin des peintures mignonnes. Ils travaillaient ensemble, tout en haut d'une tourelle, à l'écart du bruit.

La leçon terminée, ils descendaient dans le jardin, où, se promenant pas à pas, ils étudiaient les fleurs.

Quelquefois on apercevait, cheminant au fond de la vallée, une file de bêtes de somme, conduites par un piéton, accoutré à l'orientale. Le châtelain, qui l'avait reconnu pour un marchand, expédiait vers lui un valet. L'étranger, prenant confiance, se détournait de sa route; et, introduit dans le parloir, il retirait de ses coffres des pièces de velours et de soie, des orfèvreries, des aromates, des choses singulières d'un usage inconnu; à la fin le bonhomme s'en allait, avec un gros profit, sans avoir enduré aucune violence.

D'autres fois, une troupe de pèlerins frappait à la porte. Leurs habits mouillés fumaient devant l'âtre; et, quand ils étaient repus, ils racontaient leurs voyages: les erreurs des nefs sur la mer écumeuse, les marches à pied dans les sables brûlants, la férocité des païens, les cavernes de la Syrie, la Crèche et le Sépulcre. Puis ils donnaient au jeune seigneur des coquilles de leur manteau.

Souvent le châtelain festoyait ses vieux compagnons d'armes. Tout en buvant, ils se rappelaient leurs guerres, les assauts des forteresses avec le battement des machines et les prodigieuses blessures. Julien, qui les écoutait, en poussait des cris; alors son père ne doutait pas qu'il ne fût plus tard un conquérant. Mais le soir, au sortir de l'angélus, quand il passait entre les pauvres inclinés, il puisait dans son escarcelle avec tant de modestie et d'un air si noble, que sa mère comptait bien le voir par la suite archevêque.

The lord of the manor looked to his right and to his left and called as loudly as he could. But no one answered him! The wind only howled and the morning mists were fast dissolving.

He attributed his vision to a dullness of the brain resulting from too little sleep. "If I should speak of it," he said, "people would laugh at me." Still, the glory that was to be his son's dazzled him, albeit the meaning of the prophecy was not clear to him, and he even doubted that he had heard it.

The parents kept their secret from each other. But both cherished the child with equal devotion, and as they considered him marked by God, they had great regard for his person. His cradle was lined with the softest feathers, and lamp representing a dove burned continually over it; three nurses rocked him night and day, and with his pink face and blue eyes, brocaded cloak and embroidered cap he looked like a little Jesus. He cut all his teeth without crying once.

When he was seven years old, his mother taught him to sing, and his father lifted him upon a big horse, to inspire him with courage. The child smiled with delight, and soon became familiar with everything pertaining to chargers.

An old and very learned monk taught him the Gospel, the Arabic numerals, the Latin letters, and the art of painting delicate designs on vellum. They worked in the top of a tower, away from all noise and disturbance.

When the lesson was over, they would go down into the garden and slowly walk round it, studying the flowers.

Sometimes a herd of cattle passed through the valley below, in charge of a man in Oriental dress. The lord of the manor, recognizing him as a merchant, would dispatch a servant after him. The stranger, becoming confident, would stop on his way and after being ushered into the castle-hall, would display pieces of velvet and silk, trinkets, aromatic herbs and strange objects whose use was unknown in those parts. Then, in due time, he would take leave, without having been molested and with a handsome profit.

At other times, a band of pilgrims would knock at the door. Their wet garments would steam in front of the hearth and after they had been refreshed by food they would relate their travels, and discuss the uncertainty of vessels on the high seas, their long journeys across burning sands, the ferocity of the infidels, the caves of Syria, the Manger and the Holy Sepulchre. They made presents to the young heir of beautiful shells, which they carried in their cloaks.

The lord of the manor very often feasted his brothers-in-arms, and over the wine the old warriors would talk of battles and attacks on fortresses, of war-machines and of the frightful wounds they had received, so that Julian, who was a listener, would scream with excitement; then his father felt convinced that some day he would be a conqueror. But in the evening, after the Angelus, when he passed through the crowd of beggars who clustered about the church-door, he distributed his alms with so much modesty and nobility that his mother fully expected to see him become an archbishop in time.

Sa place dans la chapelle était aux côtés de ses parents; et, si longs que fussent les offices, il restait à genoux sur son prie-Dieu, la toque par terre et les mains jointes.

Un jour, pendant la messe, il aperçut, en relevant la tête, une petite souris blanche qui sortait d'un trou, dans la muraille. Elle trottina sur la première marche de l'autel, et, après deux ou trois tours de droite et de gauche, s'enfuit du même côté. Le dimanche suivant, l'idée qu'il pourrait la revoir le troubla. Elle revint; et, chaque dimanche il l'attendait, en était importuné, fut pris de haine contre elle, et résolut de s'en défaire.

Ayant donc fermé la porte, et semé sur les marches les miettes d'un gâteau, il se posta devant le trou, une baguette à la main.

Au bout de très longtemps un museau rose parut, puis la souris tout entière. Il frappa un coup léger, et demeura stupéfait devant ce petit corps qui ne bougeait plus. Une goutte de sang tachait la dalle. Il l'essuya bien vite avec sa manche, jeta la souris dehors, et n'en dit rien à personne.

Toutes sortes d'oisillons picoraient les graines du jardin. Il imagina de mettre des pois dans un roseau creux. Quand il entendait gazouiller dans un arbre, il en approchait avec douceur, puis levait son tube, enflait ses joues; et les bestioles lui pleuvaient sur les épaules si abondamment qu'il ne pouvait s'empêcher de rire, heureux de sa malice.

Un matin, comme il s'en retournait par la courtine, il vit sur la crête du rempart un gros pigeon qui se rengorgeait au soleil. Julien s'arrêta pour le regarder; le mur en cet endroit ayant une brèche, un éclat de pierre se rencontra sous ses doigts. Il tourna son bras, et la pierre abattit l'oiseau qui tomba d'un bloc dans le fossé.

Il se précipita vers le fond, se déchirant aux broussailles, furetant partout, plus leste qu'un jeune chien.

Le pigeon, les ailes cassées, palpitait, suspendu dans les branches d'un troène.

La persistance de sa vie irrita l'enfant. Il se mit à l'étrangler; et les convulsions de l'oiseau faisaient battre son cœur, l'emplissaient d'une volupté sauvage et tumultueuse. Au dernier roidissement, il se sentit défaillir.

Le soir, pendant le souper, son père déclara que l'on devait à son âge apprendre la vénerie; et il alla chercher un vieux cahier d'écriture contenant, par demandes et réponses, tout le déduit des chasses. Un maître y démontrait à son élève l'art de dresser les chiens et d'affaiter les faucons, de tendre les pièges, comment reconnaître le cerf à ses fumées, le renard à ses empreintes, le loup à ses déchaussures, le bon moyen de discerner leurs voies, de quelle manière on les lance, où se trouvent ordinairement leurs refuges, quels sont les vents les plus propices, avec l'énumération des cris et les règles de la curée.

Quand Julien put réciter par cœur toutes ces choses, son père lui composa une meute.

D'abord on y distinguait vingt-quatre lévriers barbaresques, plus véloces que des gazelles, mais sujets à s'emporter; puis dix-sept couples de chiens bretons, tachetés de blanc sur fond rouge, inébranlables dans leur créance,

His seat in the chapel was next to his parents, and no matter how long the services lasted, he remained kneeling on his prie-Dieu, with folded hands and his velvet cap lying close beside him on the floor.

One day, during mass, he raised his head and beheld a little white mouse crawling out of a hole in the wall. It scrambled to the first altar-step and then, after a few gambols, ran back in the same direction. On the following Sunday, the idea of seeing the mouse again worried him. It returned; and every Sunday after that he watched for it; and it annoyed him so much that he grew to hate it and resolved to do away with it.

So, having closed the door and strewn some crumbs on the steps of the altar, he placed himself in front of the hole with a stick.

After a long while a pink snout appeared, and then whole mouse crept out. He struck it lightly with his stick and stood stunned at the sight of the little, lifeless body. A drop of blood stained the floor. He wiped it away hastily with his sleeve, and threw the mouse outside, without saying a word about it to anyone.

All sorts of birds pecked at the seeds in the garden. He put some peas in a hollow reed, and when he heard birds chirping in a tree, he would approach cautiously, lift the tube and swell his cheeks; then, when the little creatures dropped about him in multitudes, he could not refrain from laughing and being delighted with his own mischief.

One morning, as he was returning by way of the curtain, he beheld a fat pigeon sunning itself on the top of the wall. He paused to gaze at it; where he stood the rampart was cracked and a piece of stone was near at hand; he gave his arm a jerk, and the stone struck the bird, sending it straight into the moat below.

He sprang after it, unmindful of the brambles, and ferreted around the bushes with the litheness of a young dog.

The pigeon hung with broken wings in the branches of a privet hedge.

The persistence of its life irritated the boy. He began to strangle it, and its convulsions made his heart beat quicker, and filled him with a wild, tumultuous voluptuousness, the last throb of its heart making him feel like fainting.

At supper that night, his father declared that at his age a boy should begin to hunt; and he arose and brought forth an old writing-book which contained, in questions and answers, everything pertaining to the pastime. In it, a master showed a supposed pupil how to train dogs and falcons, lay traps, recognize a stag by its fumets, and a fox or a wolf by footprints. He also taught the best way of discovering their tracks, how to start them, where their refuges are usually to be found, what winds are the most favourable, and further enumerated the various cries, and the rules of the quarry.

When Julian was able to recite all these things by heart, his father made up a pack of hounds for him.

There were twenty-four greyhounds of Barbary, speedier than gazelles, but liable to get out of temper; seventeen couples of Breton dogs, great barkers, with broad chests and russet coats flecked with white. For wild-boar hunt-

forts de poitrine et grands hurleurs. Pour l'attaque du sanglier et les refuites périlleuses, il y avait quarante griffons, poilus comme des ours. Des mâtins de Tartarie, presque aussi hauts que des ânes, couleur de feu, l'échine large et le jarret droit, étaient destinés à poursuivre les aurochs. La robe noire des épagneuls luisait comme du satin; le jappement des talbots valait celui des bigles chanteurs. Dans une cour à part, grondaient, en secouant leur chaîne et roulant leurs prunelles, huit dogues alains, bêtes formidables qui sautent au ventre des cavaliers et n'ont pas peur des lions.

Tous mangeaient du pain de froment, buvaient dans des auges de pierre, et portaient un nom sonore.

La fauconnerie, peut-être, dépassait la meute; le bon seigneur, à force d'argent, s'était procuré des tiercelets du Caucase, des sacres de Babylone, des gerfauts d'Allemagne, et des faucons-pèlerins, capturés sur les falaises, au bord des mers froides, en de lointains pays. Ils logeaient dans un hangar couvert de chaume, et, attachés par rang de taille sur le perchoir, avaient devant eux une motte de gazon, où de temps à autre on les posait afin de les dégourdir.

Des bourses, des hameçons, des chausse-trapes, toute sorte d'engins, furent confectionnés.

Souvent on menait dans la campagne des chiens d'oysel, qui tombaient bien vite en arrêt. Alors des piqueurs, s'avançant pas à pas, étendaient avec précaution sur leurs corps impassibles un immense filet. Un commandement les faisait aboyer; des cailles s'envolaient; et les dames des alentours conviées avec leurs maris, les enfants, les camérières, tout le monde se jetait dessus, et les prenait facilement.

D'autres fois, pour débucher les lièvres, on battait du tambour; des renards tombaient dans des fosses, ou bien un ressort, se débandant, attrapait un loup par le pied.

Mais Julien méprisa ces commodes artifices; il préférait chasser loin du monde, avec son cheval et son faucon. C'était presque toujours un grand tartaret de Scythie, blanc comme la neige. Son capuchon de cuir était surmonté d'un panache, des grelots d'or tremblaient à ses pieds bleus; et il se tenait ferme sur le bras de son maître pendant que le cheval galopait, et que les plaines se déroulaient. Julien, dénouant ses longes, le lâchait tout à coup; la bête hardie montait droit dans l'air comme une flèche; et l'on voyait deux taches inégales tourner, se joindre, puis disparaître dans les hauteurs de l'azur. Le faucon ne tardait pas à descendre en déchirant quelque oiseau, et revenait se poser sur le gantelet, les deux ailes frémissantes.

Julien vola de cette manière le héron, le milan, la corneille et le vautour.

Il aimait, en sonnant de la trompe, à suivre ses chiens qui couraient sur le versant des collines, sautaient les ruisseaux, remontaient vers le bois; et, quand le cerf commençait à gémir sous les morsures, il l'abattait prestement, puis se délectait à la furie des mâtins qui le dévoraient, coupé en pièces sur sa peau fumante.

Les jours de brume, il s'enfonçait dans un marais pour guetter les oies, les loutres et les halbrans.

ing and perilous doublings, there were forty boarhounds as hairy as bears. The red mastiffs of Tartary, almost as large as donkeys, with broad backs and straight legs, were destined for the pursuit of the wild bull. The black coats of the spaniels shone like satin; the barking of the setters equalled that of the beagles. In a special enclosure were eight growling bloodhounds that tugged at their chains and rolled their eyes, and these formidable beasts leaped at horsemen's bellies and were not afraid even of lions.

All ate wheat bread, drank from marble troughs, and had high-sounding names.

Perhaps the falconry surpassed the pack; for the master of the castle, by paying great sums of money, had secured Caucasian hawks, Babylonian sakers, German gerfalcons, and pilgrim falcons captured on the cliffs edging the cold seas, in distant lands. They were housed in a thatched shed and were chained to the perch in the order of size. In front of them was a little grass-plot where, from time to time, they were allowed to disport themselves.

Bag-nets, baits, traps and all sorts of snares were manufactured.

Often they would take out pointers who would set almost immediately; then the whippers-in, advancing step by step, would cautiously spread a huge net over their motionless bodies. At the command, the dogs would bark and arouse the quails; and the ladies of the neighbourhood, with their husbands, children and hand-maids, would fall upon them and capture them with ease.

At other times they used a drum to start hares; and frequently foxes fell into the ditches prepared for them, while wolves caught their paws in the traps.

But Julian scorned these convenient contrivances; he preferred to hunt away from the crowd, alone with his steed and his falcon. It was almost always a large, snow-white, Scythian bird. His leather hood was ornamented with a plume, and on his blue feet were bells; and he perched firmly on his master's arm while they galloped across the plains. Then Julian would suddenly untie his tether and let him fly, and the bold bird would dart through the air like an arrow. One might perceive two spots circle around, unite, and then disappear in the blue heights. Presently the falcon would return with a mutilated bird, and perch again on his master's gauntlet with trembling wings.

This way Julian hunted the heron, the kite, the crow and the vulture.

He loved to sound his trumpet and follow his dogs over hills and streams, into the woods; and when the stag began to moan under their teeth, he would kill it deftly, and delight in the fury of the brutes, which would devour the pieces spread out on the warm hide.

On foggy days, he would hide in the marshes to watch for wild geese, otters and wild ducks.

Trois écuyers, dès l'aube, l'attendaient au bas du perron; et le vieux moine, se penchant à sa lucarne, avait beau faire des signes pour le rappeler, Julien ne se retournait pas.

Il allait à l'ardeur du soleil, sous la pluie, par la tempête, buvait l'eau des sources dans sa main, mangeait en trottant des pommes sauvages, s'il était fatigué se reposait sous un chêne; et il rentrait au milieu de la nuit, couvert de sang et de boue, avec des épines dans les cheveux et sentant l'odeur des bêtes farouches. Il devint comme elles. Quand sa mère l'embrassait, il acceptait froidement son étreinte, paraissant rêver à des choses profondes.

Il tua des ours à coups de couteau, des taureaux avec la hache, des sangliers avec l'épieu; et même une fois, n'ayant plus qu'un bâton, se défendit contre des loups qui rongeaient des cadavres au pied d'un gibet.

Un matin d'hiver, il partit avant le jour, bien équipé, une arbalète sur l'épaule et un trousseau de flèches à l'arçon de la selle.

Son genet danois, suivi de deux bassets, en marchant d'un pas égal faisait résonner la terre. Des gouttes de verglas se collaient à son manteau, une brise violente soufflait. Un côté de l'horizon s'éclaircit; et, dans la blancheur du crépuscule, il aperçut des lapins sautillant au bord de leurs terriers. Les deux bassets, tout de suite, se précipitèrent sur eux; et, çà et là, vivement, leurs cassaient l'échine.

Bientôt, il entra dans un bois. Au bout d'une branche, un coq de bruyère engourdi par le froid dormait la tête sous l'aile. Julien, d'un revers d'épée, lui faucha les deux pattes, et sans le ramasser continua sa route.

Trois heures après, il se trouva sur la pointe d'une montagne tellement haute que le ciel semblait presque noir. Devant lui, un rocher pareil à un long mur s'abaissait, en surplombant un précipice; et, à l'extrémité, deux boucs sauvages regardaient l'abîme. Comme il n'avait pas ses flèches (car son cheval était resté en arrière), il imagina de descendre jusqu'à eux; à demi courbé, pieds nus, il arriva enfin au premier des boucs, et lui enfonça un poignard sous les côtes. Le second, pris de terreur, sauta dans le vide. Julien s'élança pour le frapper, et, glissant du pied droit, tomba sur le cadavre de l'autre, la face au-dessus de l'abîme et les deux bras écartés.

Redescendu dans la plaine, il suivit des saules qui bordaient une rivière. Des grues, volant très bas, de temps à autre passaient au-dessus de sa tête. Julien les assommait avec son fouet, et n'en manqua pas une.

Cependant l'air plus tiède avait fondu le givre, de larges vapeurs flottaient, et le soleil se montra. Il vit reluire tout au loin un lac figé, qui ressemblait à du plomb. Au milieu du lac, il y avait une bête que Julien ne connaissait pas, un castor à museau noir.

Malgré la distance, une flèche l'abattit; et il fut chagrin de ne pouvoir emporter la peau.

Puis il s'avança dans une avenue de grands arbres, formant avec leurs cimes comme un arc de triomphe, à l'entrée d'une forêt. Un chevreuil bondit hors d'un fourré, un daim parut dans un carrefour, un blaireau sortit d'un trou, un paon sur le gazon déploya sa queue;—et quand il les eut tous oc-

At daybreak, three equerries waited for him at the foot of the steps; and though the old monk leaned out of the dormer-window and made signs to him to return, Julian would not look around.

He heeded neither the broiling sun, the rain nor the storm; he drank with his hands spring water and ate wild apples as he rode along, and when he was tired, he lay down under an oak; and he would come home at night covered with earth and blood, with thistles in his hair and smelling of wild beasts. He grew to be like them. And when his mother kissed him, he responded coldly to her caress and seemed to be thinking of deep and serious things.

He killed bears with a knife, bulls with a hatchet, and wild boars with a spear; and once, with nothing but a stick, he defended himself against some wolves, which were gnawing corpses at the foot of a gibbet.

One winter morning he set out before daybreak, well armed, with a cross-bow slung across his shoulder and a quiver of arrows attached to the pummel of his saddle.

The hoofs of his Danish genet beat the ground with regularity and his two bassets trotted close behind. The wind was blowing hard and icicles clung to his cloak. A part of the horizon cleared, and in the whiteness of twilight he beheld some rabbits playing around their burrows. In an instant, the two bassets were upon them, and seizing as many as they could, they broke their backs in the twinkling of an eye.

Soon he came to a forest. A woodcock, paralyzed by the cold, perched on a branch, with its head hidden under its wing. Julian, with a lunge of his sword, cut off its feet, and without stopping to pick it up, rode away.

Three hours later he found himself on the top of a mountain so high that the sky seemed almost black. In front of him, a long, flat rock hung over a precipice, and at the end two wild goats stood gazing down into the abyss. As he had no arrows (for he had left his steed behind), he thought he would climb down to where they stood; and with bare feet and bent back he at last reached the first goat and thrust his dagger below its ribs. But the second animal, in its terror, leaped into the precipice. Julian threw himself forward to strike it, but his right foot slipped, and he fell, face downward and with outstretched arms, over the body of the first goat.

After he returned to the plains, he followed a stream bordered by willows. From time to time, some cranes, flying very low, passed over his head. Julian killed them with his whip, never missing a bird.

Meanwhile the warmer air had melted the frost, large patches of vapour floated, and the sun appeared. He beheld in the distance the gleam of a lake which appeared to be of lead, and in the middle of it was an animal Julian had never seen before, a beaver with a black muzzle.

Despite the distance, an arrow ended its life, and Julian only regretted that he was not able to carry off the skin.

Then he entered an avenue of tall trees, the tops of which formed a triumphal arch to the entrance of a forest. A deer sprang out of the thicket and a badger crawled out of its hole, a stag appeared in the road, and a peacock spread its fan-shaped tail on the grass—and after he had slain them all,

cis, d'autres chevreuils se présentèrent, d'autres daims, d'autres blaireaux, d'autres paons, et des merles, des geais, des putois, des renards, des hérissons, des lynx, une infinité de bêtes, à chaque pas plus nombreuses. Elles tournaient autour de lui, tremblantes, avec un regard plein de douceur et de supplication. Mais Julien ne se fatiguait pas de tuer, tour à tour bandant son arbalète, dégainant l'épée, pointant du coutelas, et ne pensait à rien, n'avait souvenir de quoi que ce fût. Il était en chasse dans un pays quelconque, depuis un temps indéterminé, par le fait seul de sa propre existence, tout s'accomplissant avec la facilité que l'on éprouve dans les rêves. Un spectacle extraordinaire l'arrêta. Des cerfs emplissaient un vallon ayant la forme d'un cirque; et tassés, les uns près des autres, ils se réchauffaient avec leurs haleines que l'on voyait fumer dans le brouillard.

L'espoir d'un pareil carnage, pendant quelques minutes, le suffoqua de plaisir. Puis il descendit de cheval, retroussa ses manches, et se mit à tirer.

Au sifflement de la première flèche, tous les cerfs à la fois tournèrent la tête. Il se fit des enfonçures dans leur masse; des voix plaintives s'élevaient, et un grand mouvement agita le troupeau.

Le rebord du vallon était trop haut pour le franchir. Ils bondissaient dans l'enceinte, cherchant à s'échapper. Julien visait, tirait; et les flèches tombaient comme les rayons d'une pluie d'orage. Les cerfs rendus furieux se battirent, se cabraient, montaient les uns par-dessus les autres; et leurs corps avec leurs ramures emmêlées faisaient un large monticule, qui s'écroulait, en se déplaçant.

Enfin ils moururent, couchés sur le sable, la bave aux naseaux, les entrailles sorties, et l'ondulation de leurs ventres s'abaissant par degrés. Puis tout fut immobile.

La nuit allait venir; et derrière le bois, dans les intervalles des branches, le ciel était rouge comme une nappe de sang.

Julien s'adossa contre un arbre. Il contemplait d'un œil béant l'énormité du massacre, ne comprenant pas comment il avait pu le faire.

De l'autre côté du vallon, sur le bord de la forêt, il aperçut un cerf, une biche et son faon.

Le cerf, qui était noir et monstrueux de taille, portait seize andouillers avec une barbe blanche. La biche, blonde comme les feuilles mortes, broutait le gazon; et le faon tacheté, sans l'interrompre dans sa marche, lui tétait la mamelle.

L'arbalète encore une fois ronfla. Le faon, tout de suite, fut tué. Alors sa mère, en regardant le ciel, brama d'une voix profonde, déchirante, humaine. Julien exaspéré, d'un coup en plein poitrail, l'étendit par terre.

Le grand cerf l'avait vu, fit un bond. Julien lui envoya sa dernière flèche. Elle l'atteignit au front, et y resta plantée.

Le grand cerf n'eut pas l'air de la sentir; en enjambant par-dessus les morts, il avançait toujours, allait fondre sur lui, l'éventrer; et Julien reculait

other deer, other stags, other badgers, other peacocks, and jays, blackbirds, foxes, porcupines, polecats, and lynxes, appeared; in fact, a host of beasts that grew more and more numerous with every step he took. Trembling, and with a look of gentle appeal in their eyes, they gathered around Julian, but he did not stop slaying them; and so intent was he on stretching his crossbow, drawing his sword and whipping out his knife, that he had thought of nothing else and did not remember anything at all. He knew that he was hunting in some country since an indefinite time, through the very fact of his existence, as everything seemed to occur with the ease one experiences in dreams. But suddenly an extraordinary sight made him pause. He beheld a valley shaped like a circus and filled with stags which, huddled together, were warming one another with the vapour of their breaths that mingled with the early mist.

For a few minutes, he almost choked with pleasure at the prospect of so great a carnage. Then he sprang from his horse, rolled up his sleeves, and began to aim.

When the first arrow whizzed through the air, the stags turned their heads simultaneously. They huddled closer, uttered plaintive cries, and a great agitation seized the whole herd.

The edge of the valley was too high to get over; and the animals ran around the enclosure in their efforts to escape. Julian aimed, stretched his crossbow and his arrows fell as fast and thick as raindrops in a shower. Maddened with terror, the stags fought and reared and climbed on top of one another; their antlers and bodies formed a moving mountain which tumbled to pieces whenever it displaced itself.

Finally they died. Their bodies lay stretched out on the sand with foam gushing from the nostrils and the bowels protruding. The heaving of their bellies grew less and less noticeable, and then all was still.

Night came, and behind the trees, through the branches, the sky appeared like a sheet of blood.

Julian leaned against a tree and gazed with dilated eyes at the enormous slaughter. He was now unable to comprehend how he had accomplished it.

On the opposite side of the valley, at the edge of the forest, he beheld a large stag, with a doe and their fawn.

The stag was black and of enormous size; he had a white beard and carried sixteen antlers. His mate was the colour of dead leaves, and she browsed upon the grass, while the fawn, clinging to her udder, followed her step by step.

Again the crossbow was stretched, and instantly the fawn dropped dead, and seeing this, its mother raised her head and uttered a poignant, human wail of agony. Exasperated, Julian thrust his knife into her chest, and felled her to the ground.

The great stag had watched everything and suddenly he sprang forward. Julian aimed his last arrow at the beast. It struck him between his antlers and stuck there.

The stag did not appear to notice it; leaping over the bodies, he was coming nearer and nearer with the intention, Julian thought, of charging at him

dans une épouvante indicible. Le prodigieux animal s'arrêta; et les yeux flamboyants, solennel comme un patriarche et comme un justicier, pendant qu'une cloche au loin tintait, il répéta trois fois:

—«Maudit! maudit! maudit! Un jour, cœur féroce, tu assassineras ton père et ta mère!»

Il plia les genoux, ferma doucement ses paupières, et mourut.

Julien fut stupéfait, puis accablé d'une fatigue soudaine; et un dégoût, une tristesse immense l'envahit. Le front dans les deux mains, il pleura pendant longtemps.

Son cheval était perdu; ses chiens l'avaient abandonné; la solitude qui l'enveloppait lui sembla toute menaçante de périls indéfinis. Alors, poussé par un effroi, il prit sa course à travers la campagne, choisit au hasard un sentier, et se trouva presque immédiatement à la porte du château.

La nuit, il ne dormit pas. Sous le vacillement de la lampe suspendue, il revoyait toujours le grand cerf noir. Sa prédiction l'obsédait; il se débattait contre elle. «Non! non! non! je ne peux pas les tuer!» puis, il songeait: «Si je le voulais, pourtant?...» et il avait peur que le Diable ne lui en inspirât l'envie.

Durant trois mois, sa mère en angoisse pria au chevet de son lit, et son père, en gémissant, marchait continuellement dans les couloirs. Il manda les maîtres mires les plus fameux, lesquels ordonnèrent des quantités de drogues. Le mal de Julien, disaient-ils, avait pour cause un vent funeste, ou un désir d'amour. Mais le jeune homme, à toutes les questions, secouait la tête.

Les forces lui revinrent; et on le promenait dans la cour, le vieux moine et le bon seigneur le soutenant chacun par un bras.

Quand il fut rétabli complètement, il s'obstina à ne point chasser.

Son père, le voulant réjouir, lui fit cadeau d'une grande épée sarrasine.

Elle était au haut d'un pilier, dans une panoplie. Pour l'atteindre, il fallut une échelle. Julien y monta. L'épée trop lourde lui échappa des doigts, et en tombant frôla le bon seigneur de si près que sa houppelande en fut coupée; Julien crut avoir tué son père, et s'évanouit.

Dès lors, il redouta les armes. L'aspect d'un fer nu le faisait pâlir. Cette faiblesse était une désolation pour sa famille.

Enfin le vieux moine, au nom de Dieu, de l'honneur et des ancêtres, lui commanda de reprendre ses exercices de gentilhomme.

Les écuyers, tous les jours, s'amusaient au maniement de la javeline. Julien y excella bien vite. Il envoyait la sienne dans le goulot des bouteilles, cassait les dents des girouettes, frappait à cent pas les clous des portes.

Un soir d'été, à l'heure où la brume rend les choses indistinctes, étant sous la treille du jardin, il aperçut tout au fond deux ailes blanches qui voletaient à la hauteur de l'espalier. Il ne douta pas que ce ne fût une cigogne; et il lança son javelot.

Un cri déchirant partit.

C'était sa mère, dont le bonnet à longues barbes restait cloué contre le mur.

and ripping him open, and he recoiled with inexpressible horror. But the huge animal halted, and, with eyes aflame and the solemn air of a patriarch and a judge, repeated thrice, while a bell tolled in the distance:

"Accursed! Accursed! Accursed! some day, ferocious heart, thou wilt murder thy father and thy mother!"

Then he sank on his knees, gently closed his lids and expired.

At first Julian was stunned, and then a sudden lassitude, a feeling of disgust and immense sadness came over him. Holding his head between his hands, he wept for a long time.

His steed had wandered away; his dogs had forsaken him; the solitude seemed to threaten him with unknown perils. Impelled by a sense of sickening terror, he ran across the fields, and choosing a path at random, found himself almost immediately at the gates of the castle.

That night he could not rest, for, by the flickering light of the hanging lamp, he beheld again the great black stag. He fought against the obsession of the prediction and kept repeating: "No! No! No! I cannot slay them!" and then he thought: "Still, supposing I desired to?..." and he feared that the devil might inspire him with this desire.

During three months, his distracted mother prayed at his bedside, and his father paced the halls of the castle in anguish. He consulted the most celebrated physicians, who prescribed quantities of medicine. Julian's illness, they declared, was due to some injurious wind or to amorous desire. But in reply to their questions, the young man only shook his head.

Eventually his strength returned, and he was able to take a walk in the courtyard, supported by his father and the old monk.

After he had completely recovered, he refused to hunt.

His father, hoping to please him, presented him with a large Saracen sabre.

It was placed on a panoply that hung on a pillar, and a ladder was required to reach it. Julian climbed up to it one day, but the heavy weapon slipped from his grasp, and in falling grazed his father and tore his cloak. Julian, believing he had killed him, fell in a swoon.

After that, he carefully avoided weapons. The sight of a naked sword made him grow pale, and this weakness caused great distress to his family.

In the end, the old monk ordered him in the name of God, and of his forefathers, once more to indulge in the sport's of a nobleman.

The equerries diverted themselves every day with javelins and Julian soon excelled in the practice. He was able to send a javelin in the neck of a bottle, to break the teeth of the weather-cocks on the castle and to strike door-nails at a hundred paces.

One summer evening, at the hour when dusk renders objects indistinct, he was in the arbour in the garden, and thought he saw two white wings in the background hovering around the espalier. Not for a moment did he doubt that it was a stork, and so he threw his javelin at it.

A heart-rending scream pierced the air.

It was his mother, whose cap and long streams remained nailed to the wall.

Julien s'enfuit du château, et ne reparut plus.

II

Il s'engagca dans une troupe d'aventuriers qui passaient.

Il connut la faim, la soif, les fièvres et la vermine. Il s'accoutuma au fracas des mêlées, à l'aspect des moribonds. Le vent tanna sa peau. Ses membres se durcirent par le contact des armures; et comme il était très fort, courageux, tempérant, avisé, il obtint sans peine le commandement d'une compagnie.

Au début des batailles, il enlevait ses soldats d'un grand geste de son épée. Avec une corde à nœuds, il grimpait aux murs des citadelles, la nuit, balancé par l'ouragan, pendant que les flammèches du feu grégeois se collaient à sa cuirasse, et que la résine bouillante et le plomb fondu ruisselaient des créneaux. Souvent le heurt d'une pierre fracassa son bouclier. Des ponts trop chargés d'hommes croulèrent sous lui. En tournant sa masse d'armes, il se débarrassa de quatorze cavaliers. Il défit, en champ clos, tous ceux qui se proposèrent. Plus de vingt fois, on le crut mort.

Grâce à la faveur divine, il en réchappa toujours; car il protégeait les gens d'église, les orphelins, les veuves, et principalement les vieillards. Quand il en voyait un marchant devant lui, il criait pour connaître sa figure, comme s'il avait eu peur de le tuer par méprise.

Des esclaves en fuite, des manants révoltés, des bâtards sans fortune, toutes sortes d'intrépides affluèrent sous son drapeau, et il se composa une armée.

Elle grossit. Il devint fameux. On le recherchait.

Tour à tour, il secourut le Dauphin de France et le roi d'Angleterre, les templiers de Jérusalem, le suréna des Parthes, le négus d'Abyssinie, et l'empereur de Calicut. Il combattit des Scandinaves recouverts d'écailles de poisson, des Nègres munis de rondaches en cuir d'hippopotame et montés sur des ânes rouges, des Indiens couleur d'or et brandissant par-dessus leurs diadèmes de larges sabres, plus clairs que des miroirs. Il vainquit les Troglodytes et les Anthropophages. Il traversa des régions si torrides que sous l'ardeur du soleil les chevelures s'allumaient d'elles-mêmes, comme des flambeaux; et d'autres qui étaient si glaciales, que les bras, se détachant du corps, tombaient par terre; et des pays où il y avait tant de brouillards que l'on marchait environné de fantômes.

Des républiques en embarras le consultèrent. Aux entrevues d'ambassadeurs, il obtenait des conditions inespérées. Si un monarque se conduisait trop mal, il arrivait tout à coup, et lui faisait des remontrances. Il affranchit des peuples. Il délivra des reines enfermées dans des tours. C'est lui, et pas un autre, qui assomma la guivre de Milan et le dragon d'Oberbirbach.

Or l'empereur d'Occitanie, ayant triomphé des Musulmans espagnols, s'était joint par concubinage à la sœur du calife de Cordoue; et il en conservait une fille, qu'il avait élevée chrétiennement. Mais le calife, faisant mine de vouloir se convertir, vint lui rendre visite, accompagné d'une escorte

Julian fled the castle and never returned.

II

He joined a horde of adventurers who were passing through the place.

He learned what it was to suffer hunger, thirst, fevers and vermin. He grew accustomed to the din of battles and to the sight of dying men. The wind tanned his skin. His limbs became hardened through contact with armour, and as he was very strong and brave, temperate and of good counsel, he easily obtained command of a company.

At the outset of a battle, he would electrify his soldiers by a motion of his sword. He would climb the walls of a citadel with a knotted rope, at night, rocked by the storm, while sparks of fire clung to his cuirass, and molten lead and boiling tar poured from the battlements. Often a stone would break his shield. Bridges crowded with men gave way under him. Once, by turning his mace, he rid himself of fourteen horsemen. He defeated all those who came forward to fight him on the field of honour, and more than a score of times it was believed that he had been killed.

However, thanks to Divine favour, he always escaped, for he protected the churchmen, orphans, widows, and above all old men. When he caught sight of one of the latter walking ahead of him, he would call to him to show his face, as if he feared that he might kill him by mistake.

All sorts of intrepid men gathered under his leadership, fugitive slaves, peasant rebels, and penniless bastards; he then organized an army.

It grew. He became famous and was in great demand.

He succoured in turn the Dauphin of France, the King of England, the Templars of Jerusalem, the General of the Parths, the Negus of Abyssinia and the Emperor of Calicut. He fought against Scandinavians covered with fish-scales, against negroes mounted on red asses and armed with shields made of hippopotamus hide, against gold-coloured Indians who wielded great sabres, brighter than mirrors, above their diadems. He conquered the Troglodytes and the cannibals. He travelled through regions so torrid that the heat of the sun would set fire to the hair on one's head; he journeyed through countries so glacial that one's arms would fall from the body; and he passed through places where the fogs were so dense that it seemed like being surrounded by phantoms.

Republics in trouble consulted him; when he conferred with ambassadors, he always obtained unexpected concessions. Also, if a monarch behaved badly, he would arrive on the scene and rebuke him. He freed nations. He rescued queens sequestered in towers. It was he and no other that killed the serpent of Milan and the dragon of Oberbirbach.

Now, the Emperor of Occitania, having triumphed over the Spanish Muslims, had taken the sister of the Caliph of Cordova as a concubine, and had had one daughter by her, whom he brought up in the teachings of Christ. But the Caliph, feigning that he wished to become converted, made him a

nombreuse, massacra toute sa garnison, et le plongea dans un cul-de-basse-fosse, où il le traitait durement, afin d'en extirper des trésors.

Julien accourut à son aide, détruisit l'armée des infidèles, assiégea la ville, tua le calife, coupa sa tête, et la jeta comme une boule par-dessus les remparts. Puis il tira l'empereur de sa prison, et le fit remonter sur son trône, en présence de toute sa cour.

L'empereur, pour prix d'un tel service, lui présenta dans des corbeilles beaucoup d'argent; Julien n'en voulut pas. Croyant qu'il en désirait davantage, il lui offrit les trois quarts de ses richesses; nouveau refus; puis de partager son royaume; Julien le remercia; et l'empereur en pleurait de dépit, ne sachant de quelle manière témoigner sa reconnaissance, quand il se frappa le front, dit un mot à l'oreille d'un courtisan; les rideaux d'une tapisserie se relevèrent, et une jeune fille parut.

Ses grands yeux noirs brillaient comme deux lampes très douces. Un sourire charmant écartait ses lèvres. Les anneaux de sa chevelure s'accrochaient aux pierreries de sa robe entrouverte; et, sous la transparence de sa tunique, on devinait la jeunesse de son corps. Elle était toute mignonne et potelée, avec la taille fine.

Julien fut ébloui d'amour, d'autant plus qu'il avait mené jusqu'alors une vie très chaste.

Donc il reçut en mariage la fille de l'empereur, avec un château qu'elle tenait de sa mère; et, les noces étant terminées, on se quitta, après des politesses infinies de part et d'autre.

C'était un palais de marbre blanc, bâti à la moresque, sur un promontoire, dans un bois d'orangers. Des terrasses de fleurs descendaient jusqu'au bord d'un golfe, où des coquilles roses craquaient sous les pas. Derrière le château, s'étendait une forêt ayant le dessin d'un éventail. Le ciel continuellement était bleu, et les arbres se penchaient tour à tour sous la brise de la mer et le vent des montagnes, qui fermaient au loin l'horizon.

Les chambres, pleines de crépuscule, se trouvaient éclairées par les incrustations des murailles. De hautes colonnettes, minces comme des roseaux, supportaient la voûte des coupoles, décorées de reliefs imitant les stalactites des grottes.

Il y avait des jets d'eau dans les salles, des mosaïques dans les cours, des cloisons festonnées, mille délicatesses d'architecture, et partout un tel silence que l'on entendait le frôlement d'une écharpe ou l'écho d'un soupir.

Julien ne faisait plus la guerre. Il se reposait, entouré d'un peuple tranquille; et chaque jour, une foule passait devant lui, avec des génuflexions et des baisemains à l'orientale.

Vêtu de pourpre, il restait accoudé dans l'embrasure d'une fenêtre, en se rappelant ses chasses d'autrefois; et il aurait voulu courir sur le désert après les gazelles et les autruches, être caché dans les bambous à l'affût des léopards, traverser des forêts pleines de rhinocéros, atteindre au sommet des

visit, and brought with him a numerous escort. He slaughtered the entire garrison and threw the Emperor into a dungeon, and treated him with great cruelty in order to obtain possession of his treasures.

Julian went to his assistance, destroyed the army of infidels, laid siege to the city, slew the Caliph, chopped off his head and threw it over the fortifications like a cannon-ball. Then he released the Emperor from his prison, and put him back on his throne in the presence of all his court.

As a reward for so great a service, the Emperor presented him with a large sum of money in baskets; but Julian declined it. Then the Emperor, thinking that Julian wanted more, offered him three quarters of his fortune, and on meeting a second refusal, proposed to share his kingdom with his benefactor. But Julian only thanked him for it, and the Emperor felt like weeping with vexation at not being able to show his gratitude, when he suddenly tapped his forehead and whispered a few words in the ear of one of his courtiers; the tapestry curtains parted, and a young girl appeared.

Her large black eyes shone like two soft lights. A charming smile parted her lips. Her curls were caught in the jewels of her half-opened bodice, and the grace of her youthful body could be divined under the transparency of her tunic. She was small and quite plump, but her waist was slender.

Julian was absolutely dazzled, all the more since he had always led a very chaste life.

So he married the Emperor's daughter, and received at the same time a castle she had inherited from her mother; and when the wedding was over, he departed with his wife, after many courtesies had been exchanged on both sides.

The castle was of Moorish design, in white marble, erected on a promontory and surrounded by orange-trees. Terraces of flowers extended to the shores of a bay, where pink shells crackled underfoot. Behind the castle spread a fan-shaped forest. The sky was always blue, and the trees were swayed in turn by the ocean-breeze and by the winds that blew from the mountains that closed the horizon.

Light entered the rooms, filled with dusk, through the incrustations of the walls. High, reed-like columns supported the ceiling of the cupolas, decorated in imitation of stalactites.

Fountains played in the spacious halls; the courts were inlaid with mosaic; there were festooned partitions and a great profusion of architectural fancies; and everywhere reigned a silence so deep that the swish of a sash or the echo of a sigh could be distinctly heard.

Julian now had renounced war. Surrounded by a peaceful people, he remained idle, receiving every day a throng of subjects who came and knelt before him and kissed his hand in Oriental fashion.

Clad in purple garments, he would sit at one of the bay windows and think of his past exploits; and wish that he might again run in the desert in pursuit of ostriches and gazelles, hide among the bamboos to watch for leopards, ride through forests filled with rhinoceroses, climb the most inac-

monts les plus inaccessibles pour viser mieux les aigles, et sur les glaçons de la mer combattre les ours blancs.

Quelquefois, dans un rêve, il se voyait comme notre père Adam au milieu du Paradis, entre toutes les bêtes; en allongeant le bras, il les faisait mourir; ou bien, elles défilaient, deux à deux, par rang de taille, depuis les éléphants et les lions jusqu'aux hermines et aux canards, comme le jour qu'elles entrèrent dans l'arche de Noé. À l'ombre d'une caverne, il dardait sur elles des javelots infaillibles; il en survenait d'autres; cela n'en finissait pas; et il se réveillait en roulant des yeux farouches.

Des princes de ses amis l'invitèrent à chasser. Il s'y refusa toujours, croyant, par cette sorte de pénitence, détourner son malheur; car il lui semblait que du meurtre des animaux dépendait le sort de ses parents. Mais il souffrait de ne pas les voir, et son autre envie devenait insupportable.

Sa femme, pour le récréer, fit venir des jongleurs et des danseuses.

Elle se promenait avec lui, en litière ouverte, dans la campagne; d'autres fois, étendus sur le bord d'une chaloupe, ils regardaient les poissons vagabonder dans l'eau, claire comme le ciel. Souvent elle lui jetait des fleurs au visage; accroupie devant ses pieds, elle tirait des airs d'une mandoline à trois cordes; puis, lui posant sur l'épaule ses deux mains jointes, disait d'une voix timide:

—«Qu'avez-vous donc, cher seigneur?»

Il ne répondait pas, ou éclatait en sanglots; enfin, un jour, il avoua son horrible pensée.

Elle la combattit, en raisonnant très bien: son père et sa mère, probablement, étaient morts; si jamais il les revoyait, par quel hasard, dans quel but, arriverait-il à cette abomination? Donc, sa crainte n'avait pas de cause, et il devait se remettre à chasser.

Julien souriait en l'écoutant, mais ne se décidait pas à satisfaire son désir.

Un soir du mois d'août qu'ils étaient dans leur chambre, elle venait de se coucher et il s'agenouillait pour sa prière quand il entendit le jappement d'un renard, puis des pas légers sous la fenêtre; et il entrevit dans l'ombre comme des apparences d'animaux. La tentation était trop forte. Il décrocha son carquois.

Elle parut surprise.

—«C'est pour t'obéir!» dit-il, «au lever du soleil, je serai revenu.»

Cependant elle redoutait une aventure funeste.

Il la rassura, puis sortit, étonné de l'inconséquence de son humeur.

Peu de temps après, un page vint annoncer que deux inconnus, à défaut du seigneur absent, réclamaient tout de suite la seigneuresse.

Et bientôt entrèrent dans la chambre un vieil homme et une vieille femme, courbés, poudreux, en habits de toile, et s'appuyant chacun sur un bâton.

Ils s'enhardirent et déclarèrent qu'ils apportaient à Julien des nouvelles de ses parents.

Elle se pencha pour les entendre.

cessible peaks in order to have a better aim at the eagles, and fight the polar bears on the icebergs of the sea.

Sometimes, in his dreams, he fancied himself like our forefather Adam in the midst of Paradise, surrounded by all the beasts; by merely extending his arm, he was able to kill them; or else they filed past him, in pairs, by order of size, from the lions and the elephants to the ermines and the ducks, as on the day they entered Noah's Ark. Hidden in the shadow of a cave, he aimed unerring javelins at them; then came others and still others, until he awoke, wild-eyed.

Princes, friends of his, invited him to hunt, but he always refused their invitations, because he thought that by this kind of penance he might possibly avert the threatened misfortune; it seemed to him that the fate of his parents depended on his refusal to slaughter animals. He suffered because he could not see them, and his other desire was growing unbearable.

In order to divert his mind, his wife had dancers and jugglers come to the castle.

She went to the countryside with him in an open litter; at other times, stretched out on the edge of a boat, they watched the fish wander in the water, which was as clear as the sky. Often she threw flowers in his face or, nestling at his feet, she played melodies on a three-stringed mandolin; then, clasping her hands on his shoulder, she would inquire tremulously:

"What troubles thee, my dear lord?"

He would not reply, or else he would burst into tears; but at last, one day, he confessed his fearful dread.

His wife scorned the idea and reasoned wisely with him: probably his father and mother were dead; and even if he should ever see them again, through what chance, to what end, would he arrive at this abomination? Therefore, his fears were groundless, and he should hunt again.

Julian listened to her and smiled, but he could not bring himself to yield to his desire.

One August evening when they were in their bedchamber, she having just retired and he being about to kneel in prayer, he heard the yelping of a fox and light footsteps under the window; and he thought he saw things in the dark that looked like animals. The temptation was too strong. He seized his quiver.

His wife appeared astonished.

"I am obeying you!" he said, "and I shall be back at sunrise."

However, she feared that some calamity would happen.

He reassured her and departed, surprised at her illogical moods.

A short time afterwards, a page came to announce that two strangers desired, in the absence of the lord of the castle, to see its mistress at once.

Soon a stooping old man and an old woman entered the room; their coarse garments were covered with dust and each leaned on a stick.

They grew bold enough to say that they brought Julian news of his parents.

She leaned out of the bed to listen to them.

Mais, s'étant concertés du regard, ils lui demandèrent s'il les aimait toujours, s'il parlait d'eux quelquefois.

—«Oh! oui!» dit-elle.

Alors, ils s'écrièrent:

—«Eh bien! c'est nous!» et ils s'assirent, étant fort las et recrus de fatigue.

Rien n'assurait à la jeune femme que son époux fût leur fils.

Ils en donnèrent la preuve, en décrivant des signes particuliers qu'il avait sur la peau.

Elle sauta hors de sa couche, appela son page, et on leur servit un repas.

Bien qu'ils eussent grand-faim, ils ne pouvaient guère manger; et elle observait à l'écart le tremblement de leurs mains osseuses, en prenant les gobelets.

Ils firent mille questions sur Julien. Elle répondait a chacune, mais eut soin de taire l'idée funèbre qui les concernait.

Ne le voyant pas revenir, ils étaient partis de leur château; et ils marchaient depuis plusieurs années, sur de vagues indications, sans perdre l'espoir. Il avait fallu tant d'argent au péage des fleuves et dans les hôtelleries, pour les droits des princes et les exigences des voleurs, que le fond de leur bourse était vide, et qu'ils mendiaient maintenant. Qu'importe, puisque bientôt ils embrasseraient leur fils? Ils exaltaient son bonheur d'avoir une femme aussi gentille, et ne se lassaient point de la contempler et de la baiser.

La richesse de l'appartement les étonnait beaucoup; et le vieux, ayant examiné les murs, demanda pourquoi s'y trouvait le blason de l'empereur d'Occitanie.

Elle répliqua:

—«C'est mon père!»

Alors il tressaillit, se rappelant la prédiction du Bohême; et la vieille songeait à la parole de l'Ermite. Sans doute la gloire de son fils n'était que l'aurore des splendeurs éternelles; et tous les deux restaient béants, sous la lumière du candélabre qui éclairait la table.

Ils avaient dû être très beaux dans leur jeunesse. La mère avait encore tous ses cheveux, dont les bandeaux fins, pareils à des plaques de neige, pendaient jusqu'au bas de ses joues; et le père, avec sa taille haute et sa grande barbe, ressemblait à une statue d'église.

La femme de Julien les engagea à ne pas l'attendre. Elle les coucha elle-même dans son lit, puis ferma la croisée; ils s'endormirent. Le jour allait paraître, et, derrière le vitrail, les petits oiseaux commençaient à chanter.

Julien avait traversé le parc; et il marchait dans la forêt d'un pas nerveux, jouissant de la mollesse du gazon et de la douceur de l'air.

Les ombres des arbres s'étendaient sur la mousse. Quelquefois la lune faisait des taches blanches dans les clairières, et il hésitait à s'avancer, croyant

But after glancing at each other, the old people asked her whether he ever referred to them and if he still loved them.

"Oh! yes!" she said.

Then they exclaimed:

"We are his parents!" and they sat themselves down, for they were very tired.

But there was nothing to show the young wife that her husband was their son.

They proved it by describing to her the birthmarks he had on his body.

She jumped out of bed, called a page, and ordered that a repast be served to them.

But although they were very hungry, they could scarcely eat, and she observed surreptitiously how their lean fingers trembled whenever they lifted their cups.

They asked a hundred questions about their son, and she answered each one of them, but she was careful not to refer to the terrible idea that concerned them.

When he failed to return, they had left their château; and had wandered for several years, following vague indications but without losing hope. So much money had been spent at the tolls of the rivers and in inns, to satisfy the rights of princes and the demands of robbers, that now their purse was empty and they were obliged to beg. But what did it matter, since they were about to embrace their son? They lauded his happiness in having such a charming wife, and did not tire of looking at her and kissing her.

The luxuriousness of the apartment astonished them; and the old man, after examining the walls, inquired why they bore the coat-of-arms of the Emperor of Occitania.

She replied:

"He is my father!"

He gave a start and remembered the prediction of the gipsy, while the old woman meditated upon the words the hermit had spoken to her. The glory of their son was undoubtedly only the dawn of eternal splendours, and both of them remained awed while the light from the candelabra on the table fell on them.

In the heyday of youth, they had been extremely handsome. The mother had not lost her hair, and bands of snowy whiteness framed her cheeks; and the father, with his stalwart figure and long beard, looked like a statue in a church.

Julian's wife prevailed upon them not to wait for him. She put them in her bed and closed the curtains; and they both fell asleep. The day broke and outdoors the little birds began to chirp.

Meanwhile, Julian had left the castle grounds and walked nervously through the forest, enjoying the velvety softness of the grass and the balminess of the air.

The shadow of the trees fell on the mossy ground. Here and there, the moonlight flecked the glades and Julian feared to advance, because he mis-

apercevoir une flaque d'eau, ou bien la surface des mares tranquilles se confondait avec la couleur de l'herbe. C'était partout un grand silence; et il ne découvrait aucune des bêtes qui, peu de minutes auparavant, erraient à l'entour de son château.

Le bois s'épaissit, l'obscurité devint profonde. Des bouffées de vent chaud passaient, pleines de senteurs amollissantes. Il enfonçait dans des tas de feuilles mortes, et il s'appuya contre un chêne pour haleter un peu.

Tout à coup, derrière son dos, bondit une masse plus noire, un sanglier. Julien n'eut pas le temps de saisir son arc, et il s'en affligea comme d'un malheur.

Puis, étant sorti du bois, il aperçut un loup qui filait le long d'une haie.

Julien lui envoya une flèche. Le loup s'arrêta, tourna la tête pour le voir et reprit sa course. Il trottait en gardant toujours la même distance, s'arrêtait de temps à autre, et, sitôt qu'il était visé, recommençait à fuir.

Julien parcourut de cette manière une plaine interminable, puis des monticules de sable, et enfin il se trouva sur un plateau dominant un grand espace de pays. Des pierres plates étaient clairsemées entre des caveaux en ruines. On trébuchait sur des ossements de morts; de place en place, des croix vermoulues se penchaient d'un air lamentable. Mais des formes remuèrent dans l'ombre indécise des tombeaux; et il en surgit des hyènes, tout effarées, pantelantes. En faisant claquer leurs ongles sur les dalles, elles vinrent à lui et le flairaient avec un bâillement qui découvrait leurs gencives. Il dégaina son sabre. Elles partirent à la fois dans toutes les directions, et, continuant leur galop boiteux et précipité, se perdirent au loin sous un flot de poussière.

Une heure après, il rencontra dans un ravin un taureau furieux, les cornes en avant, et qui grattait le sable avec son pied. Julien lui pointa sa lance sous les fanons. Elle éclata, comme si l'animal eût été de bronze; il ferma les yeux, attendant sa mort. Quand il les rouvrit, le taureau avait disparu.

Alors son âme s'affaissa de honte. Un pouvoir supérieur détruisait sa force; et, pour s'en retourner chez lui, il rentra dans la forêt.

Elle était embarrassée de lianes; et il les coupait avec son sabre quand une fouine glissa brusquement entre ses jambes, une panthère fit un bond par-dessus son épaule, un serpent monta en spirale autour d'un frêne.

Il y avait dans son feuillage un choucas monstrueux, qui regardait Julien; et, çà et là, parurent entre les branches quantité de larges étincelles, comme si le firmament eût fait pleuvoir dans la forêt toutes ses étoiles. C'étaient des yeux d'animaux, des chats sauvages, des écureuils, des hiboux, des perroquets, des singes.

Julien darda contre eux ses flèches; les flèches, avec leurs plumes, se posaient sur les feuilles comme des papillons blancs. Il leur jeta des pierres; les pierres, sans rien toucher, retombaient. Il se maudit, aurait voulu se battre, hurla des imprécations, étouffait de rage.

took the silvery light for water and the tranquil surface of the pools for grass. A great stillness reigned everywhere, and he failed to see any of the beasts that only a moment ago were prowling around the castle.

The woods grew thicker, and the darkness more impenetrable. Warm winds, filled with enervating perfumes, caressed him; he sank into masses of dead leaves, and after a while he leaned against an oak tree to rest and catch his breath.

Suddenly a body blacker than the surrounding darkness sprang behind him. It was a wild boar. Julian did not have time to stretch his bow, and he bewailed the fact as if it were some great misfortune.

Then, having left the woods, he beheld a wolf slinking along a hedge.

Julian fired an arrow at him. The wolf paused, turned his head to look at Julian and continued on his way. He trotted along, always keeping at the same distance, pausing now and then and resuming his flight as soon as an arrow was aimed in his direction.

In this way Julian traversed an endless plain, then sand-hills, and at last found himself on a plateau, that dominated a great stretch of land. Large flat stones were interspersed among crumbling vaults; bones and skeletons covered the ground, and here and there some mouldy crosses stood desolate. But then shapes moved in the darkness of the tombs, and from them came panting, wild-eyed hyenas. They approached him, their claws tapping on the stones, and smelled him, grinning hideously and disclosing their gums. He whipped out his sword, but they scattered in every direction and continuing their swift, limping gallop, disappeared in the distance in a cloud of dust.

An hour later, in a ravine, he encountered a wild bull, with threatening horns, pawing the sand with his hoofs. Julian thrust his lance between his dewlaps. But his weapon snapped as if the beast were made of bronze; then he closed his eyes in anticipation of his death. When he opened them again, the bull had vanished.

Then his soul collapsed with shame. Some supernatural power destroyed his strength, and he set out for home through the forest.

The woods were a tangle of creeping plants that he had to cut with his sword, and while he was thus engaged, a weasel slid between his feet, a panther jumped over his shoulder, and a serpent wound itself around the ash tree.

Among its leaves was a monstrous jackdaw that watched Julian intently, and here and there, between the branches, appeared great, fiery sparks as if the sky were raining all its stars upon the forest. But the sparks were the eyes of animals – wild cats, owls, squirrels, monkeys and parrots.

Julian aimed his arrows at them, but the feathered weapons lighted on the leaves of the trees like white butterflies. He threw stones at them; but the stones did not strike, and fell to the ground. Then he cursed himself, and howled imprecations, and in his rage he could have struck himself.

Et tous les animaux qu'il avait poursuivis se représentèrent, faisant autour de lui un cercle étroit. Les uns étaient assis sur leur croupe, les autres dressés de toute leur taille. Il restait au milieu, glacé de terreur, incapable du moindre mouvement. Par un effort suprême de sa volonté, il fit un pas; ceux qui perchaient sur les arbres ouvrirent leurs ailes, ceux qui foulaient le sol déplacèrent leurs membres; et tous l'accompagnaient.

Les hyènes marchaient devant lui, le loup et le sanglier par-derrière. Le taureau, à sa droite, balançait la tête; et, à sa gauche, le serpent ondulait dans les herbes, tandis que la panthère, bombant son dos, avançait à pas de velours et à grandes enjambées. Il allait le plus lentement possible pour ne pas les irriter; et il voyait sortir de la profondeur des buissons des porcs-épics, des renards, des vipères, des chacals et des ours.

Julien se mit à courir; ils coururent. Le serpent sifflait, les bêtes puantes bavaient. Le sanglier lui frottait les talons avec ses défenses, le loup l'intérieur de ses mains avec les poils de son museau. Les singes le pinçaient en grimaçant, la fouine se roulait sur ses pieds. Un ours, d'un revers de patte, lui enleva son chapeau; et la panthère, dédaigneusement, laissa tomber une flèche qu'elle portait à sa gueule.

Une ironie perçait dans leurs allures sournoises. Tout en l'observant du coin de leurs prunelles, ils semblaient méditer un plan de vengeance; et, assourdi par le bourdonnement des insectes, battu par des queues d'oiseau, suffoqué par des haleines, il marchait les bras tendus et les paupières closes comme un aveugle, sans même avoir la force de crier «grâce!»

Le chant d'un coq vibra dans l'air. D'autres y répondirent; c'était le jour; et il reconnut, au-delà des orangers, le faîte de son palais.

Puis, au bord d'un champ, il vit, à trois pas d'intervalle, des perdrix rouges qui voletaient dans les chaumes. Il dégrafa son manteau, et l'abattit sur elles comme un filet. Quand il les eut découvertes, il n'en trouva qu'une seule, et morte depuis longtemps, pourrie.

Cette déception l'exaspéra plus que toutes les autres. Sa soif de carnage le reprenait; les bêtes manquant, il aurait voulu massacrer des hommes.

Il gravit les trois terrasses, enfonça la porte d'un coup de poing; mais, au bas de l'escalier, le souvenir de sa chère femme détendit son cœur. Elle dormait sans doute, et il allait la surprendre.

Ayant retiré ses sandales, il tourna doucement la serrure, et entra.

Les vitraux garnis de plomb obscurcissaient la pâleur de l'aube. Julien se prit les pieds dans des vêtements, par terre; un peu plus loin, il heurta une crédence encore chargée de vaisselle. «Sans doute, elle aura mangé,» se dit-il; et il avançait vers le lit, perdu dans les ténèbres au fond de la chambre. Quand il fut au bord, afin d'embrasser sa femme, il se pencha sur l'oreiller où les deux têtes reposaient l'une près de l'autre. Alors, il sentit contre sa bouche l'impression d'une barbe.

Il se recula, croyant devenir fou; mais il revint près du lit, et ses doigts, en palpant, rencontrèrent des cheveux qui étaient très longs. Pour se convain-

Then all the beasts he had pursued appeared, and formed a narrow circle around him. Some sat on their hindquarters, while others stood at full height. He remained among them, transfixed with terror and absolutely unable to move. By a supreme effort of his willpower, he took a step forward; those that perched in the trees opened their wings, those that trod the earth moved their limbs, and all accompanied him.

The hyenas strode in front of him, the wolf and the wild boar brought up the rear. On his right, the bull swung its head and on his left the serpent crawled through the grass; while the panther, arching its back, advanced with velvety footfalls and long strides. Julian walked as slowly as possible, so as not to irritate them, while in the depth of bushes he could distinguish porcupines, foxes, vipers, jackals, and bears.

He began to run; the brutes followed him. The serpent hissed, the malodorous beasts frothed at the mouth. The wild boar rubbed his tusks against his heels, and the wolf scratched the palms of his hands with the hairs of his snout. The monkeys pinched him and made faces, the weasel tolled over his feet. A bear knocked his cap off with the back of its paw, and the panther disdainfully dropped an arrow it was carrying in its mouth.

Irony seemed to incite their sly actions. As they watched him out of the corners of their eyes, they seemed to meditate a plan of revenge, and Julian, who was deafened by the buzzing of the insects, bruised by the wings and tails of the birds, choked by the stench of animal breaths, walked with outstretched arms and closed lids, like a blind man, without even the strength to cry for mercy.

The crowing of a cock vibrated in the air. Other cocks responded; it was day; and Julian recognized the top of his palace rising above the orange trees.

Then, on the edge of a field, three paces away from him, he saw some red partridges fluttering among the stubble. He unfastened his cloak and threw it over them like a net. When he lifted it, he found only a bird that had been dead a long time and was decaying.

This disappointment irritated him more than all the others. The thirst for carnage stirred afresh within him; animals failing him, he desired to slaughter men.

He climbed the three terraces and opened the door with a blow of his fist; but at the foot of the staircase, the memory of his beloved wife softened his heart. No doubt she was asleep, and he would go up and surprise her.

Having removed his sandals, he unlocked the door softly and entered.

The stained windows dimmed the pale light of dawn. Julian stumbled over some garments lying on the floor and a little further on, he knocked against a table covered with dishes. "She must have eaten," he thought; so he advanced towards the bed which was concealed by the darkness in the back of the room. When he reached the edge, he leaned over the pillow where the two heads were resting close together and stooped to kiss his wife. His mouth encountered a man's beard.

He fell back, thinking he had become mad; then he approached the bed again and his searching fingers discovered some hair which seemed to be

cre de son erreur, il repassa lentement sa main sur l'oreiller. C'était bien une barbe, cette fois, et un homme! un homme couché avec sa femme!

Éclatant d'une colère démesurée, il bondit sur eux à coups de poignard; et il trépignait, écumait, avec des hurlements de bête fauve. Puis il s'arrêta. Les morts, percés au cœur, n'avaient même pas bougé. Il écoutait attentivement leurs deux râles presque égaux, et, à mesure qu'ils s'affaiblissaient, un autre, tout au loin, les continuait. Incertaine d'abord, cette voix plaintive longuement poussée, se rapprochait, s'enfla, devint cruelle; et il reconnut, terrifié, le bramement du grand cerf noir.

Et comme il se retournait, il crut voir dans l'encadrure de la porte, le fantôme de sa femme, une lumière à la main.

Le tapage du meurtre l'avait attirée. D'un large coup d'œil, elle comprit tout, et s'enfuyant d'horreur laissa tomber son flambeau.

Il le ramassa.

Son père et sa mère étaient devant lui, étendus sur le dos avec un trou dans la poitrine; et leurs visages, d'une majestueuse douceur, avaient l'air de garder comme un secret éternel. Des éclaboussures et des flaques de sang s'étalaient au milieu de leur peau blanche, sur les draps du lit, par terre, le long d'un Christ d'ivoire suspendu dans l'alcôve. Le reflet écarlate du vitrail, alors frappé par le soleil, éclairait ces taches rouges, et en jetait de plus nombreuses dans tout l'appartement. Julien marcha vers les deux morts en se disant, en voulant croire, que cela n'était pas possible, qu'il s'était trompé, qu'il y a parfois des ressemblances inexplicables. Enfin, il se baissa légèrement pour voir de tout près le vieillard; et il aperçut, entre ses paupières mal fermées, une prunelle éteinte qui le brûla comme du feu. Puis il se porta de l'autre côté de la couche, occupé par l'autre corps, dont les cheveux blancs masquaient une partie de la figure. Julien lui passa les doigts sous ses bandeaux, leva sa tête;—et il la regardait, en la tenant au bout de son bras roidi, pendant que de l'autre main il s'éclairait avec le flambeau. Des gouttes, suintant du matelas, tombaient une à une sur le plancher.

À la fin du jour, il se présenta devant sa femme; et, d'une voix différente de la sienne, il lui commanda premièrement de ne pas lui répondre, de ne pas l'approcher, de ne plus même le regarder, et qu'elle eût à suivre, sous peine de damnation, tous ses ordres qui étaient irrévocables.

Les funérailles seraient faites selon les instructions qu'il avait laissées par écrit, sur un prie-Dieu, dans la chambre des morts. Il lui abandonnait son palais, ses vassaux, tous ses biens, sans même retenir les vêtements de son corps, et ses sandales, que l'on trouverait au haut de l'escalier.

Elle avait obéi à la volonté de Dieu, en occasionnant son crime, et devait prier pour son âme, puisque désormais il n'existait plus.

On enterra les morts avec magnificence, dans l'église d'un monastère à trois journées du château. Un moine en cagoule rabattue suivit le cortège, loin de tous les autres, sans que personne osât lui parler.

very long. In order to convince himself that he was mistaken, he once more passed his hand slowly over the pillow. But this time he was sure that it was a beard and that a man was there! a man lying beside his wife!

Flying into an ungovernable passion, he sprang upon them with his drawn dagger, foaming, stamping and howling like a wild beast. After a while he stopped. The corpses, pierced through the heart, had not even moved. He listened attentively to the two death-rattles, they were almost alike, and as they grew fainter, another voice, coming from far away, seemed to continue them. Uncertain at first, this plaintive voice came nearer and nearer, grew louder and more cruel; and he recognized, with terror, the bellowing of the great black stag.

And as he turned around, he thought he saw the specter of his wife standing at the threshold with a light in her hand.

The sound of the murder had drawn her. In one glance she understood what had happened and fled in horror, letting the candle drop from her hand.

He picked it up.

His father and mother lay before him, stretched on their backs, with gaping wounds in their breasts; and their faces, the expression of which was full of tender dignity, seemed to hide what might be an eternal secret. Splashes and blotches of blood were on their white skin, on the bedclothes, on the floor, and on an ivory Christ which hung in the alcove. The scarlet reflection of the stained window, which just then was struck by the sun, lighted up the bloody spots and appeared to scatter them around the whole room. Julian walked toward the corpses, repeating to himself and trying to believe that he was mistaken, that it was not possible, that there are often inexplicable likenesses. At last he bent over to look closely at the old man and he saw, between the half-closed lids, a dead pupil that scorched him like fire. Then he went over to the other side of the bed, where the other corpse lay, but the face was partly hidden by bands of white hair. Julian slipped his finger beneath them and raised the head, holding it at arm's length to study its features, while, with his other hand he lifted the torch. Drops of blood oozed from the mattress and fell one by one upon the floor.

At the close of the day, he appeared before his wife, and in a changed voice commanded her first not to answer him, not to approach him, not even to look at him, and to obey, under the penalty of eternal damnation, every one of his orders, which were irrevocable.

The funeral was to be held in accordance with the written instructions he had left on a prie-Dieu in the death chamber. He left her his castle, his vassals, all his worldly goods, without keeping even his clothes or his sandals, which would be found at the top of the stairs.

She had obeyed the will of God in bringing about his crime, and accordingly she must pray for his soul, since henceforth he should cease to exist.

The dead were buried sumptuously in the chapel of a monastery which it took three days to reach from the castle. A monk wearing a hood that covered his head followed the procession alone, for nobody dared to speak to him.

Il resta pendant la messe, à plat ventre au milieu du portail, les bras en croix, et le front dans la poussière.

Après l'ensevelissement, on le vit prendre le chemin qui menait aux montagnes. Il se retourna plusieurs fois, et finit par disparaître.

III

Il s'en alla, mendiant sa vie par le monde.

Il tendait sa main aux cavaliers sur les routes, avec des génuflexions s'approchait des moissonneurs, ou restait immobile devant la barrière des cours; et son visage était si triste que jamais on ne lui refusait l'aumône.

Par esprit d'humilité, il racontait son histoire; alors tous s'enfuyaient, en faisant des signes de croix. Dans les villages où il avait déjà passé, sitôt qu'il était reconnu, on fermait les portes, on lui criait des menaces, on lui jetait des pierres. Les plus charitables posaient une écuelle sur le bord de leur fenêtre, puis fermaient l'auvent pour ne pas l'apercevoir.

Repoussé de partout, il évita les hommes; et il se nourrit de racines, de plantes, de fruits perdus, et de coquillages qu'il cherchait le long des grèves.

Quelquefois, au tournant d'une côte, il voyait sous ses yeux une confusion de toits pressés, avec des flèches de pierre, des ponts, des tours, des rues noires s'entrecroisant, et d'où montait jusqu'à lui un bourdonnement continuel.

Le besoin de se mêler à l'existence des autres le faisait descendre dans la ville. Mais l'air bestial des figures, le tapage des métiers, l'indifférence des propos glaçaient son cœur. Les jours de fête, quand le bourdon des cathédrales mettait en joie dès l'aurore le peuple entier, il regardait les habitants sortir de leurs maisons, puis les danses sur les places, les fontaines de cervoise dans les carrefours, les tentures de damas devant le logis des princes, et le soir venu, par le vitrage des rez-de-chaussée, les longues tables de famille où des aïeux tenaient des petits enfants sur leurs genoux; des sanglots l'étouffaient, et il s'en retournait vers la campagne.

Il contemplait avec des élancements d'amour les poulains dans les herbages, les oiseaux dans leurs nids, les insectes sur les fleurs; tous, à son approche, couraient plus loin, se cachaient effarés, s'envolaient bien vite.

Il rechercha les solitudes. Mais le vent apportait à son oreille comme des râles d'agonie; les larmes de la rosée tombant par terre lui rappelaient d'autres gouttes d'un poids plus lourd. Le soleil, tous les soirs, étalait du sang dans les nuages; et chaque nuit, en rêve, son parricide recommençait.

Il se fit un cilice avec des pointes de fer. Il monta sur les deux genoux toutes les collines ayant une chapelle à leur sommet. Mais l'impitoyable pensée

And during the mass, he lay flat on the floor with his face in the dust and his arms stretched out at his sides.

After the burial, he was seen to take the road leading into the mountains. He looked back several times, and finally passed out of sight.

III

He left the country and begged his daily bread on his way.

He stretched out his hand to the horsemen he met in the roads, and humbly approached the harvesters in the fields; or else remained motionless in front of the gates of castles; and his face was so sad that he was never turned away.

Obeying a spirit of humility, he related his history to all men, and they would flee from him and cross themselves. In villages through which he had passed before, the good people bolted the doors, threatened him, and threw stones at him as soon as they recognized him. The more charitable ones placed a bowl on the windowsill and closed the shutters in order to avoid seeing him.

Repelled and shunned by everyone, he avoided men and nourished himself with roots and plants, stray fruits and shells which he gathered along the shores.

Often, at the bend of a hill, he could perceive a mass of crowded roofs, stone spires, bridges, towers and narrow streets, from which arose a continual murmur of activity.

The desire to mingle with men impelled him to enter the city. But the gross and beastly expression of their faces, the noise of their industries and the indifference of their remarks, chilled his heart. On holidays, when the cathedral bells rang out at daybreak and filled the people's hearts with gladness, he watched the inhabitants coming out of their dwellings, the dancers in the public squares, the fountains of ale at street corners, the damask hangings spread before the houses of princes; and then, when night came, he would peer through the ground-floor windows at the long tables where families gathered and where grandparents held little children on their knees; then sobs would rise in his throat and he would turn away and go back to the countryside.

He gazed with yearning at the colts in the pastures, the birds in their nests, the insects on the flowers; but they all fled from him at his approach and hid or flew away.

He sought solitude. But the wind brought to his ears sounds resembling death rattles; the tears of the dew as they fell to the ground reminded him of heavier drops, and every evening, the sun would spread blood in the sky, and every night, in his dreams, he lived over his parricide.

He made himself a haircloth lined with iron spikes. On his knees, he ascended every hill that was crowned with a chapel. But the unrelenting

obscurcissait la splendeur des tabernacles, le torturait à travers les macérations de la pénitence.

Il ne se révoltait pas contre Dieu qui lui avait infligé cette action, et pourtant se désespérait de l'avoir pu commettre.

Sa propre personne lui faisait tellement horreur qu'espérant s'en délivrer il l'aventura dans des périls. Il sauva des paralytiques des incendies, des enfants du fond des gouffres. L'abîme le rejetait, les flammes l'épargnaient.

Le temps n'apaisa pas sa souffrance. Elle devenait intolérable. Il résolut de mourir.

Et un jour qu'il se trouvait au bord d'une fontaine, comme il se penchait dessus pour juger de la profondeur de l'eau, il vit paraître en face de lui un vieillard tout décharné, à barbe blanche et d'un aspect si lamentable qu'il lui fut impossible de retenir ses pleurs. L'autre, aussi, pleurait. Sans reconnaître son image, Julien se rappelait confusément une figure ressemblant à celle-là. Il poussa un cri; c'était son père; et il ne pensa plus à se tuer.

Ainsi, portant le poids de son souvenir, il parcourut beaucoup de pays; et il arriva près d'un fleuve dont la traversée était dangereuse, à cause de sa violence et parce qu'il y avait sur les rives une grande étendue de vase. Personne depuis longtemps n'osait plus le passer.

Une vieille barque, enfouie à l'arrière, dressait sa proue dans les roseaux. Julien en l'examinant découvrit une paire d'avirons; et l'idée lui vint d'employer son existence au service des autres.

Il commença par établir sur la berge une manière de chaussée qui permettrait de descendre jusqu'au chenal; et il se brisait les ongles à remuer les pierres énormes, les appuyait contre son ventre pour les transporter, glissait dans la vase, y enfonçait, manqua périr plusieurs fois.

Ensuite, il répara le bateau avec des épaves de navires, et il se fit une cahute avec de la terre glaise et des troncs d'arbres.

Le passage étant connu, les voyageurs se présentèrent. Ils l'appelaient de l'autre bord, en agitant des drapeaux; Julien bien vite sautait dans sa barque. Elle était très lourde; et on la surchargeait par toutes sortes de bagages et de fardeaux, sans compter les bêtes de somme, qui, ruant de peur, augmentaient l'encombrement. Il ne demandait rien pour sa peine; quelques-uns lui donnaient des restes de victuailles qu'ils tiraient de leur bissac ou des habits trop usés dont ils ne voulaient plus. Des brutaux vociféraient des blasphèmes. Julien les reprenait avec douceur; et ils ripostaient par des injures. Il se contentait de les bénir.

Une petite table, un escabeau, un lit de feuilles mortes et trois coupes d'argile, voilà tout ce qu'était son mobilier. Deux trous dans la muraille servaient de fenêtres. D'un côté, s'étendaient à perte de vue des plaines stériles ayant sur leur surface de pâles étangs, ça et là; et le grand fleuve, devant lui, roulait ses flots verdâtres. Au printemps, la terre humide avait une odeur de pourriture. Puis, un vent désordonné soulevait la poussière en tourbillons. Elle entrait partout, embourbait l'eau, craquait sous les gencives. Un peu plus tard, c'était des nuages de moustiques, dont la susurration et les piqûres ne s'arrêtaient ni jour ni nuit. Ensuite, survenaient d'atroces gelées qui

thought spoiled the splendour of the tabernacles and tortured him in the midst of his penances.

He did not rebel against God, who had inflicted his action, but he despaired at the thought that he had committed it.

He had such a horror of himself that he took all sorts of risks. He rescued paralytics from fire and children from waves. But the ocean scorned him and the flames spared him.

Time did not allay his torment. It became intolerable. He resolved to die.

One day, while he was stooping over a fountain to judge of its depth, an old man appeared on the other side. He wore a white beard and his appearance was so lamentable that Julian could not keep back his tears. The old man also was weeping. Without recognizing him, Julian remembered confusedly a face that resembled his. He uttered a cry; it was his father; he gave up all thought of taking his own life.

Thus weighted down by his recollections, he travelled through many countries and arrived at a river which was dangerous, because of its violence and a broad stretch of slime that covered its shores. Since a long time nobody had ventured to cross it.

The bow of an old boat, whose stern was buried in the mud, showed among the reeds. Julian, on examining it closely, found a pair of oars and hit upon the idea of devoting his life to the service of his fellowmen.

He began by establishing on the bank of the river a sort of road which would enable people to approach the edge of the stream; he broke his nails in his efforts to lift enormous stones which he pressed against the pit of his stomach in order to transport them from one point to another; he slipped in the mud, he sank into it, and several times was on the very brink of death.

Then he took to repairing the boat with debris of vessels, and afterwards built himself a hut with putty and trunks of trees.

When it became known that a ferry had been established, passengers flocked to it. They hailed him from the opposite side by waving flags, and Julian would jump into the boat and row over. The craft was very heavy, and the people loaded it with all sorts of baggage, and beasts of burden, who reared with fright, thereby adding greatly to the confusion. He asked nothing for his trouble; some gave him left-over victuals which they took from their sacks or worn-out garments which they could no longer use. The brutal ones hurled curses at him, and when Julian rebuked them gently they replied with insults, and he was content to bless them.

A little table, a stool, a bed made of dead leaves and three earthen bowls were all he possessed. Two holes in the wall served as windows. On one side, as far as the eye could see, stretched barren wastes studded here and there with pools of water; and in front of him flowed the greenish waters of the wide river. In the spring, a putrid odour arose from the damp sod. Then fierce gales lifted clouds of dust that blew everywhere, even settling in the water and in one's mouth. A little later swarms of mosquitoes appeared, whose buzzing and stinging continued night and day. After that,

donnaient aux choses la rigidité de la pierre, et inspiraient un besoin fou de manger de la viande.

Des mois s'écoulaient sans que Julien vît personne. Souvent il fermait les yeux, tâchant, par la mémoire, de revenir dans sa jeunesse;—et la cour d'un château apparaissait, avec des lévriers sur un perron, des valets dans la salle d'armes, et, sous un berceau de pampres, un adolescent à cheveux blonds entre un vieillard couvert de fourrures et une dame à grand hennin; tout à coup, les deux cadavres étaient là. Il se jetait à plat ventre sur son lit, et répétait en pleurant:

—«Ah! pauvre père! pauvre mère! pauvre mère!» Et tombait dans un assoupissement où les visions funèbres continuaient.

Une nuit qu'il dormait, il crut entendre quelqu'un l'appeler. Il tendit l'oreille et ne distingua que le mugissement des flots.

Mais la même voix reprit:

—«Julien!»

Elle venait de l'autre bord, ce qui lui parut extraordinaire, vu la largeur du fleuve.

Une troisième fois on appela:

—«Julien!»

Et cette voix haute avait l'intonation d'une cloche d'église.

Ayant allumé sa lanterne, il sortit de la cahute. Un ouragan furieux emplissait la nuit. Les ténèbres étaient profondes, et çà et là déchirées par la blancheur des vagues qui bondissaient.

Après une minute d'hésitation, Julien dénoua l'amarre. L'eau, tout de suite, devint tranquille, la barque glissa dessus et toucha l'autre berge, où un homme attendait.

Il était enveloppé d'une toile en lambeaux, la figure pareille à un masque de plâtre et les deux yeux plus rouges que des charbons. En approchant de lui la lanterne, Julien s'aperçut qu'une lèpre hideuse le recouvrait; cependant, il avait dans son attitude comme une majesté de roi.

Dès qu'il entra dans la barque, elle enfonça prodigieusement, écrasée par son poids; une secousse la remonta; et Julien se mit à ramer.

À chaque coup d'aviron, le ressac des flots la soulevait par l'avant. L'eau, plus noire que de l'encre, courait avec furie des deux côtés du bordage. Elle creusait des abîmes, elle faisait des montagnes, et la chaloupe sautait dessus, puis redescendait dans des profondeurs où elle tournoyait, ballottée par le vent.

Julien penchait son corps, dépliait les bras, et, s'arc-boutant des pieds, se renversait avec une torsion de la taille, pour avoir plus de force. La grêle cinglait ses mains, la pluie coulait dans son dos, la violence de l'air l'étouffait, il s'arrêta. Alors le bateau fut emporté à la dérive. Mais, comprenant qu'il s'agissait d'une chose considérable, d'un ordre auquel il ne fallait pas désobéir, il reprit ses avirons; et le claquement des tolets coupait la clameur de la tempête.

La petite lanterne brûlait devant lui. Des oiseaux, en voletant, la cachaient par intervalles. Mais toujours il apercevait les prunelles du Lépreux qui se tenait debout à l'arrière, immobile comme une colonne.

came frightful frosts which communicated a stone-like rigidity to everything and inspired one with an insane desire for meat.

Months passed when Julian never saw a human being. He often closed his lids and endeavoured to recall his youth;—he beheld the courtyard of a castle, with greyhounds stretched out on a terrace, an armoury filled with valets, and under a bower of vines a youth with blond curls, sitting between an old man wrapped in furs and a lady with a high cap; suddenly two corpses rose before him, and then he would throw himself face downward on his cot and sob:

"Oh! poor father! poor mother! poor mother!" and would drop into a fitful slumber in which the terrible visions recurred.

One night he thought that some one was calling to him in his sleep. He listened intently, but could hear nothing save the roaring of the waters.

But the same voice repeated:

"Julian!"

It proceeded from the opposite shore, fact which appeared extraordinary to him, considering the breadth of the river.

The voice called a third time:

"Julian!"

And the high-pitched voice sounded like the ringing of a church bell.

Having lighted his lantern, he stepped out of his cabin. A frightful storm raged in the night. The darkness was complete and was illuminated here and there only by the white waves leaping and tumbling.

After a moment's hesitation, Julian untied the rope. The water immediately grew smooth, and the boat glided easily to the opposite shore, where a man was waiting.

He was wrapped in a torn piece of linen; his face was like a plaster mask, and his eyes were redder than glowing coals. When Julian held up his lantern, he noticed that the stranger was covered with hideous sores of leprosy; yet, there was in his attitude something like the majesty of a king.

As soon as he stepped into the boat, it sank deep into the water, borne downward by his weight; then it rose again and Julian began to row.

With each stroke of the oars, the force of the waves raised the bow of the boat. The water, which was blacker than ink, ran furiously along the sides. It formed abysses and then mountains, over which the boat glided, then it fell into yawning depths where, buffeted by the wind, it whirled around and around.

Julian leaned far forward and, bracing himself with his feet, bent backwards so as to bring his whole strength into play. Hailstones cut his hands, the rain ran down his back, the velocity of the wind suffocated him. He stopped rowing and let the boat drift with the tide. But realizing that an important matter was at stake, a command which could not be disregarded, he picked up the oars again; and the rattling of the tholes mingled with the clamourings of the storm.

The little lantern burned in front of him. Sometimes birds fluttered past it and obscured the light. But he could distinguish the eyes of the Leper who stood at the stern, as motionless as a column.

Et cela dura longtemps, très longtemps!

Quand ils furent arrivés dans la cahute, Julien ferma la porte; et il le vit siégeant sur l'escabeau. L'espèce de linceul qui le recouvrait était tombé jusqu'à ses hanches; et ses épaules, sa poitrine, ses bras maigres disparaissaient sous des plaques de pustules écailleuses. Des rides énormes labouraient son front. Tel qu'un squelette, il avait un trou à la place du nez; et ses lèvres bleuâtres dégageaient une haleine épaisse comme du brouillard, et nauséabonde.

—«J'ai faim!» dit-il.

Julien lui donna ce qu'il possédait, un vieux quartier de lard et les croûtes d'un pain noir.

Quand il les eut dévorés, la table, l'écuelle et le manche du couteau portaient les mêmes taches que l'on voyait sur son corps.

Ensuite, il dit:—«J'ai soif!»

Julien alla chercher sa cruche; et, comme il la prenait, il en sortit un arôme qui dilata son cœur et ses narines. C'était du vin; quelle trouvaille! mais le Lépreux avança le bras, et d'un trait vida toute la cruche.

Puis il dit:—«J'ai froid!»

Julien, avec sa chandelle, enflamma un paquet de fougères, au milieu de la cabane.

Le Lépreux vint s'y chauffer; et, accroupi sur les talons, il tremblait de tous ses membres, s'affaiblissait; ses yeux ne brillaient plus, ses ulcères coulaient, et d'une voix presque éteinte, il murmura:—«Ton lit!»

Julien l'aida doucement à s'y traîner, et même étendit sur lui, pour le couvrir, la toile de son bateau.

Le Lépreux gémissait. Les coins de sa bouche découvraient ses dents, un râle accéléré lui secouait la poitrine, et son ventre, à chacune de ses aspirations, se creusait jusqu'aux vertèbres.

Puis il ferma les paupières.

—«C'est comme de la glace dans mes os! Viens près de moi!»

Et Julien, écartant la toile, se coucha sur les feuilles mortes, près de lui, côte à côte.

Le Lépreux tourna la tête.

—«Déshabille-toi, pour que j'aie la chaleur de ton corps!»

Julien ôta ses vêtements; puis, nu comme au jour de sa naissance, se replaça dans le lit; et il sentait contre sa cuisse la peau du Lépreux, plus froide qu'un serpent et rude comme une lime.

Il tâchait de l'encourager; et l'autre répondait, en haletant:

—«Ah! je vais mourir!... Rapproche-toi, réchauffe-moi! Pas avec les mains! non! toute ta personne.»

Julien s'étala dessus complètement, bouche contre bouche, poitrine contre poitrine.

Alors le Lépreux l'étreignit; et ses yeux tout à coup prirent une clarté d'étoiles; ses cheveux s'allongèrent comme les rais du soleil; le souffle de ses narines avait la douceur des roses; un nuage d'encens s'éleva du foyer, les flots chantaient. Cependant une abondance de délices, une joie surhumaine descendait comme une inondation dans l'âme de Julien pâmé; et celui dont

And the trip lasted a long, long time!

When they reached the hut, Julian closed the door and saw the man sit down on the stool. The sort of shroud that was wrapped around him had fallen below his loins, and his shoulders and chest and lean arms were hidden under blotches of scaly pustules. Enormous wrinkles crossed his forehead. Like a skeleton, he had a hole instead of a nose, and from his bluish lips came breath which was fetid and as thick as mist.

"I am hungry!" he said.

Julian gave him what he had, an old piece of bacon and some crusts of black bread.

After he had devoured them, the table, the bowl, and the handle of the knife bore the same scales that covered his body.

Then he said: "I am thirsty!"

Julian fetched his jug and when he lifted it, he smelled an aroma that dilated his nostrils and filled his heart with gladness. It was wine; what a boon! but the Leper stretched out his arm and emptied the jug at one draught.

Then he said: "I am cold!"

Julian ignited a bundle of ferns that lay in the middle of the hut.

The Leper approached the fire and, resting on his heels, began to warm himself; his whole frame shook and he was failing visibly; his eyes grew dull, his sores began to break, and in a faint voice he whispered: "Thy bed!"

Julian helped him gently to it, and even laid the sail of his boat over him to keep him warm.

The Leper tossed and moaned. The corners of his mouth were drawn up over his teeth; an accelerated death rattle shook his chest and with each one of his aspirations, his stomach touched his spine.

Then he closed his eyes.

"I feel as if ice were in my bones! Lay thyself beside me!"

And Julian, lifting the sail, lay down on the dry leaves near him, side by side.

The Leper turned his head.

"Undress, so that I can have the warmth of your body!"

Julian took off his clothes; and then, as naked as on the day he was born, he got into the bed; against his thigh he could feel the skin of the Leper, and it was colder than a serpent and as rough as a file.

He tried to encourage the Leper, but the other answered panting:

"Oh! I am about to die!... Come closer to me and warm me! Not with thy hands! No! with thy whole body."

Julian stretched himself out upon the Leper, mouth to mouth, chest to chest.

Then the Leper clasped him close, and suddenly his eyes shone like stars; his hair lengthened into sunbeams; the breath of his nostrils had the scent of roses; a cloud of incense rose from the hearth, and the waters began to murmur harmoniously. Meanwhile an abundance of bliss, a superhuman joy came down like a flood into the soul of the swooning Julian, while he

les bras le serraient toujours grandissait, grandissait, touchant de sa tête et de ses pieds les deux murs de la cabane. Le toit s'envola, le firmament se déployait;—et Julien monta vers les espaces bleus, face à face avec Notre-Seigneur Jésus, qui l'emportait dans le ciel.

Et voilà l'histoire de saint Julien l'Hospitalier, telle à peu près qu'on la trouve, sur un vitrail d'église, dans mon pays.

who clasped him to his breast grew and grew until his head and his feet touched the opposite walls of the cabin. The roof flew up in the air, the firmament opened, and Julian ascended into the blue spaces, face to face with our Lord Jesus Christ, who bore him to heaven.

And this is the story of Saint Julian the Hospitaller, more or less as you find it, on a stained-glass window of a church in my birthplace.

Hérodias

I

L a citadelle de Machærous se dressait à l'orient de la mer Morte, sur un pic de basalte ayant la forme d'un cône. Quatre vallées profondes l'entouraient, deux vers les flancs, une en face, la quatrième au-delà. Des maisons se tassaient contre sa base, dans le cercle d'un mur qui ondulait suivant les inégalités du terrain; et, par un chemin en zigzag tailladant le rocher, la ville se reliait à la forteresse, dont les murailles étaient hautes de cent vingt coudées, avec des angles nombreux, des créneaux sur le bord, et, çà et là, des tours qui faisaient comme des fleurons à cette couronne de pierres, suspendue au-dessus de l'abîme.

Il y avait dans l'intérieur un palais orné de portiques, et couvert d'une terrasse que fermait une balustrade en bois de sycomore, où des mâts étaient disposés pour tendre un vélarium.

Un matin, avant le jour, le Tétrarque Hérode-Antipas vint s'y accouder, et regarda.

Les montagnes, immédiatement sous lui, commençaient à découvrir leurs crêtes, pendant que leur masse, jusqu'au fond des abîmes, était encore dans l'ombre. Un brouillard flottait, il se déchira, et les contours de la mer Morte apparurent. L'aube, qui se levait derrière Machærous, épandait une rougeur. Elle illumina bientôt les sables de la grève, les collines, le désert, et, plus loin, tous les monts de la Judée, inclinant leurs surfaces raboteuses et grises. Engaddi, au milieu, traçait une barre noire; Hébron, dans l'enfoncement, s'arrondissait en dôme; Esquol avait des grenadiers, Sorek des vignes, Karmel des champs de sésame; et la tour Antonia, de son cube monstrueux, dominait Jérusalem. Le Tétrarque en détourna la vue pour contempler, à droite, les palmiers de Jéricho; et il songea aux autres villes de sa Galilée: Capharnaüm, Endor, Nazareth, Tibérias où peut-être il ne reviendrait plus. Cependant le Jourdain coulait sur la plaine aride. Toute blanche, elle éblouissait comme une nappe de neige. Le lac, maintenant, semblait en lapis-lazuli; et à sa pointe méridionale, du côté de l'Yémen, Antipas reconnut

Herodias

I

In the eastern side of the Dead Sea rose the citadel of Machærus. It was built upon a conical peak of basalt, and was surrounded by four deep valleys, one on each side, another in front, and the fourth in the rear. At the base of the citadel, crowding against one another, a group of houses stood within the circle of a wall, whose outlines undulated with the unevenness of the soil. A zigzag road, cutting through the rocks, joined the city to the fortress, the walls of which were about a hundred and twenty cubits high, having numerous angles and ornamental towers that stood out like jewels in this crown of stone, overhanging an abyss.

Within the high walls stood a palace, adorned with many richly carved arches, and surrounded by a terrace that on one side of the building spread out below a wide balcony made of sycamore wood, upon which tall poles had been erected to support an awning.

One morning, just before sunrise, the Tetrarch, Herod-Antipas, came out alone upon the balcony. He leaned against one of the columns and looked about him.

The crests of the hill-tops immediately beneath him were just beginning to show themselves, although their bases, extending to the abyss, were still plunged in darkness. A light mist floated in the air; it lifted, and the shores of the Dead Sea became visible. The sun, rising behind Machærus, spread a rosy flush over the sky, lighting up the sandy shores, the hills, and the desert, and illuming the distant mountains of Judea, rugged and grey in the early dawn. Engedi, the central point of the group, threw a deep black shadow; Hebron, in the background, was round-topped like a dome; Eschol had her pomegranates, Sorek her vineyards, Carmel her fields of sesame; and the tower of Antonia, with its enormous cube, dominated Jerusalem. The Tetrarch turned his gaze from it to contemplate the palms of Jericho on his right; and his thoughts dwelt upon other cities of his Galilee—Capernaum, Endor, Nazareth, Tiberias—where it might be he would never return. The Jordan wound its way through the arid plain, white and glittering like a blanket of snow. The lake now looked like a sheet of lapis-lazuli; and at its southern extremity, on the coast of Yemen, Antipas recognized what

ce qu'il craignait d'apercevoir. Des tentes brunes étaient dispersées; des hommes avec des lances circulaient entre les chevaux, et des feux s'éteignant brillaient comme des étincelles à ras du sol.

C'étaient les troupes du roi des Arabes, dont il avait répudié la fille pour prendre Hérodias, mariée à l'un de ses frères, qui vivait en Italie, sans prétentions au pouvoir.

Antipas attendait les secours des Romains; et Vitellius, gouverneur de la Syrie, tardant à paraître, il se rongeait d'inquiétudes.

Agrippa, sans doute, l'avait ruiné chez l'Empereur? Philippe, son troisième frère, souverain de la Batanée, s'armait clandestinement. Les Juifs ne voulaient plus de ses mœurs idolâtres, tous les autres de sa domination; si bien qu'il hésitait entre deux projets: adoucir les Arabes ou conclure une alliance avec les Parthes; et, sous le prétexte de fêter son anniversaire, il avait convié, pour ce jour même, à un grand festin, les chefs de ses troupes, les régisseurs de ses campagnes et les principaux de la Galilée.

Il fouilla d'un regard aigu toutes les routes. Elles étaient vides. Des aigles volaient au-dessus de sa tête; les soldats, le long du rempart, donnaient contre les murs; rien ne bougeait dans le château.

Tout à coup, une voix lointaine, comme échappée des profondeurs de la terre, fit pâlir le Tétrarque. Il se pencha pour écouter; elle avait disparu. Elle reprit; et en claquant dans ses mains, il cria—«Mannaeï! Mannaeï!»

Un homme se présenta, nu jusqu'à la ceinture, comme les masseurs des bains. Il était très grand, vieux, décharné, et portait sur la cuisse un coutelas dans une gaine de bronze. Sa chevelure, relevée par un peigne, exagérait la longueur de son front. Une somnolence décolorait ses yeux, mais ses dents brillaient, et ses orteils posaient légèrement sur les dalles, tout son corps ayant la souplesse d'un singe, et sa figure l'impassibilité d'une momie.

—«Où est-il?» demanda le Tétrarque.

Mannaeï répondit, en indiquant avec son pouce un objet derrière eux:

—«Là! toujours!»

—«J'avais cru l'entendre!»

Et Antipas, quand il eut respiré largement, s'informa de Iaokanann, le même que les Latins appellent saint Jean-Baptiste. Avait-on revu ces deux hommes, admis par indulgence, l'autre mois, dans son cachot, et savait-on, depuis lors, ce qu'ils étaient venus faire?

Mannaeï répliqua:

—«Ils ont échangé avec lui des paroles mystérieuses, comme les voleurs, le soir, aux carrefours des routes. Ensuite ils sont partis vers la Haute-Galilée, en annonçant qu'ils apporteraient une grande nouvelle.»

Antipas baissa la tête, puis d'un air d'épouvante:

«Garde-le! garde-le! Et ne laisse entrer personne! Ferme bien la porte! Couvre la fosse! On ne doit pas même soupçonner qu'il vit!»

Sans avoir reçu ces ordres, Mannaeï les accomplissait; car Iaokanann était Juif, et il exécrait les Juifs comme tous les Samaritains.

he feared to see. Brown tents were scattered here and there; men carrying spears were moving about among their horses; and dying campfires shone like sparks on the ground.

This was a troop of the sheikh of the Arabs, the daughter of whom the Tetrarch had repudiated in order to wed Herodias, already married to one of his brothers, who lived in Italy but who had no pretensions to power.

Antipas was waiting for assistance from the Romans, but as Vitellius, the Governor of Syria, had not yet arrived, he was consumed with anxiety.

Perhaps Agrippa had ruined his cause with the Emperor. Philip, his third brother, sovereign of Batania, was arming himself clandestinely. The Jews were becoming intolerant of the Tetrarch's idolatries; all others were weary of his rule; and he hesitated now between two projects: to conciliate the Arabs, or to conclude an alliance with the Parthians. Under the pretext of celebrating his birthday, he had planned to bring together, at a grand banquet, the chiefs of his troops, the stewards of his domains, and the most important men of Galilee.

He threw a keen glance along all the roads. They were deserted. Eagles were flying above his head; the soldiers along the ramparts slept or dozed, leaning against the walls; nothing moved within the castle.

Suddenly he heard a distant voice, seeming to come from the very depths of the earth. The Tetrarch's face paled. He leaned forward to listen, but the voice had died away. It rose again; and he clapped his hands together, crying: "Mannaeus! Mannaeus!"

A man appeared, naked to the waist, like a masseur at the bath. He was very tall, old, and emaciated, and on his hip he wore a cutlass in a bronze scabbard. His hair, held in place by a comb, exaggerated the apparent size of his forehead. His eyes were heavy with sleep, but his teeth shone white, his step was light on the flagstones, his body had the suppleness of an ape, and his face was as impassive as that of a mummy.

"Where is he?" asked the Tetrarch.

Mannaeus answered, pointing to something behind them with his thumb: "Over there—still there!"

"I thought I heard him cry out!"

And Antipas, after drawing a deep breath, asked for news of Iaokanann, the man whom the Latins called St. John the Baptist. Had any one talked to the two men who had been allowed by indulgence to visit his dungeon the other month, and since that time, had any one discovered why the men desired to see him?

Mannaeus replied:

"They exchanged some mysterious words with him, like robbers conspiring at the crossroads at night. Then they departed towards Upper Galilee, saying that they were the bearers of great tidings."

Antipas lowered his head, then said in a tone full of alarm:

"Guard him! guard him! Do not allow any one else to see him! Keep the door shut! Cover the pit! It must not even be suspected that he still lives!"

Mannaeus had already attended to all these details, because Iaokanann was a Jew, and, like all the Samaritans, Mannaeus hated the Jews.

Leur temple de Garizim, désigné par Moïse pour être le centre d'Israël, n'existait plus depuis le roi Hyrcan; et celui de Jérusalem les mettait dans la fureur d'un outrage, et d'une injustice permanente. Mannaeï s'y était introduit, afin d'en souiller l'autel avec des os de morts. Ses compagnons, moins rapides, avaient été décapités.

Il l'aperçut dans l'écartement de deux collines. Le soleil faisait resplendir ses murailles de marbre blanc et les lames d'or de sa toiture. C'était comme une montagne lumineuse, quelque chose de surhumain, écrasant tout de son opulence et de son orgueil.

Alors il étendit les bras du côté de Sion; et, la taille droite, le visage en arrière, les poings fermés, lui jeta un anathème, croyant que les mots avaient un pouvoir effectif.

Antipas écoutait, sans paraître scandalisé.

Le Samaritain dit encore:

—«Par moments il s'agite, il voudrait fuir, il espère une délivrance. D'autres fois, il a l'air tranquille d'une bête malade; ou bien je le vois qui marche dans les ténèbres, en répétant: «Qu'importe? Pour qu'il grandisse, il faut que je diminue!»

Antipas et Mannaeï se regardèrent. Mais le Tétrarque était las de réfléchir.

Tous ces monts autour de lui, comme des étages de grands flots pétrifiés, les gouffres noirs sur le flanc des falaises, l'immensité du ciel bleu, l'éclat violent du jour, la profondeur des abîmes le troublaient; et une désolation l'envahissait au spectacle du désert, qui figure, dans le bouleversement de ses terrains, des amphithéâtres et des palais abattus. Le vent chaud apportait, avec l'odeur du soufre, comme l'exhalaison des villes maudites, ensevelies plus bas que le rivage sous les eaux pesantes. Ces marques d'une colère immortelle effrayaient sa pensée; et il restait les deux coudes sur la balustrade, les yeux fixes et les tempes dans les mains. Quelqu'un l'avait touché. Il se retourna. Hérodias était devant lui.

Une simarre de pourpre légère l'enveloppait jusqu'aux sandales. Sortie précipitamment de sa chambre, elle n'avait ni colliers ni pendants d'oreilles; une tresse de ses cheveux noirs lui tombait sur un bras, et s'enfonçait, par le bout, dans l'intervalle de ses deux seins. Ses narines, trop remontées, palpitaient; la joie d'un triomphe éclairait sa figure; et, d'une voix forte, secouant le Tétrarque:

—«César nous aime! Agrippa est en prison!»

—«Qui te l'a dit?»

—«Je le sais!»

Elle ajouta:

—«C'est pour avoir souhaité l'empire à Caïus!»

Tout en vivant de leurs aumônes, il avait brigué le titre de roi, qu'ils ambitionnaient comme lui. Mais dans l'avenir, plus de craintes!—«Les cachots de Tibère s'ouvrent difficilement, et quelquefois l'existence n'y est pas sûre!»

Their temple at Gerizim, which Moses had designed to be the centre of Israel, had been destroyed since the reign of King Hyrcanus; and the temple at Jerusalem made the Samaritans furious; they regarded it as an outrage and a permanent injustice. Mannaeus, indeed, had forcibly entered it, for the purpose of defiling its altar with the bones of corpses. His companions, less agile than he, had been beheaded.

He could see it through an opening between two hills. The sun shed a dazzling splendour on its walls of white marble and the plates of gold that formed its roof. It looked like a luminous mountain, something superhuman, eclipsing everything by its opulence and pride.

Mannaeus stretched out his arms towards Zion, and, with clenched fists and his body drawn to its full height, he launched an anathema at the city, with perfect faith that his words must be effective.

Antipas listened, without appearing to be shocked.

The Samaritan also said:

"Sometimes he grows excited, he longs to escape, he hopes for deliverance. At other times he is as quiet as a sick animal; sometimes I find him pacing to and fro in his gloomy dungeon, repeating, 'What does it matter? In order that His glory may increase, mine must diminish!'"

Antipas and Mannaeus looked at each other. But the Tetrarch was weary of pondering on this matter.

All these mountains around him, rising in tiers like great petrified waves, the black depths among the cliffs, the immensity of the blue sky, the harsh glare of the sunlight, the depth of the abysses troubled him; he felt an overwhelming sense of desolation at the sight of the desert, whose uneven piles of sand suggested ruined amphitheatres and palaces. The hot wind brought an odour of sulphur, as if it had rolled up from cities accursed and buried below shore level beneath the weight of the waters. These signs of undying wrath filled his mind with dread; he stayed, both elbows resting on the balustrade, his eyes fixed, and his head in his hands. Someone touched him. He turned round. Herodias stood before him.

A light purple robe enveloped her, falling to her sandals. Having left her chamber hurriedly, she wore neither necklace nor earrings; a tress of her black hair fell down on to her arm and hid itself between her breasts. Her nostrils, a little too large, were quivering; her face was alight with joy and triumph. She shook the Tetrarch and exclaimed:

"Caesar is our friend! Agrippa is in prison!"

"Who told you that?"

"I know it!"

She added:

"It is because he wished that the empire might pass to Caius!"

While living upon their charity, Agrippa had intrigued to become king, a title for which they were as eager as he. But for the future they had nothing more to fear!—"The dungeons of Tiberius are hard to open, and sometimes life itself is uncertain within their depths!"

Antipas la comprit; et, bien qu'elle fût la sœur d'Agrippa, son intention atroce lui sembla justifiée. Ces meurtres étaient une conséquence des choses, une fatalité des maisons royales. Dans celle d'Hérode, on ne les comptait plus.

Puis elle étala son entreprise: les clients achetés, les lettres découvertes, des espions à toutes les portes, et comment elle était parvenue à séduire Eutychès le dénonciateur.—«Rien ne me coûtait! Pour toi, n'ai-je pas fait plus?... J'ai abandonné ma fille!»

Après son divorce, elle avait laissé dans Rome cette enfant, espérant bien en avoir d'autres du Tétrarque. Jamais elle n'en parlait. Il se demanda pourquoi son accès de tendresse.

On avait déplié le vélarium et apporté vivement de larges coussins auprès d'eux. Hérodias s'y affaissa, et pleurait, en tournant le dos. Puis elle se passa la main sur les paupières, dit qu'elle n'y voulait plus songer, qu'elle se trouvait heureuse; et elle lui rappela leurs causeries là-bas, dans l'atrium, les rencontres aux étuves, leurs promenades le long de la voie Sacrée, et les soirs, dans les grandes villas, au murmure des jets d'eau, sous des arcs de fleurs, devant la campagne romaine. Elle le regardait comme autrefois, en se frôlant contre sa poitrine, avec des gestes câlins.—Il la repoussa. L'amour qu'elle tâchait de ranimer était si loin, maintenant! Et tous ses malheurs en découlaient; car, depuis douze ans bientôt, la guerre continuait. Elle avait vieilli le Tétrarque. Ses épaules se voûtaient dans une toge sombre, à bordure violette; ses cheveux blancs se mêlaient à sa barbe, et le soleil, qui traversait le voile, baignait de lumière son front chagrin. Celui d'Hérodias également avait des plis; et, l'un en face de l'autre, ils se considéraient d'une manière farouche.

Les chemins dans la montagne commencèrent à se peupler. Des pasteurs piquaient des bœufs, des enfants tiraient des ânes, des palefreniers conduisaient des chevaux. Ceux qui descendaient les hauteurs au-delà de Machærous disparaissaient derrière le château; d'autres montaient le ravin en face, et, parvenus à la ville, déchargeaient leurs bagages dans les cours. C'étaient les pourvoyeurs du Tétrarque, et des valets, précédant ses convives.

Mais au fond de la terrasse, à gauche, un Essénien parut, en robe blanche, nu-pieds, l'air stoïque. Mannaeï, du côté droit, se précipitait en levant son coutelas.

Hérodias lui cria:—«Tue-le!»

—«Arrête!» dit le Tétrarque.

Il devint immobile; l'autre aussi.

Puis ils se retirèrent, chacun par un escalier différent, à reculons, sans se perdre des yeux.

—«Je le connais!» dit Hérodias, «il se nomme Phanuel, et cherche à voir Iaokanann, puisque tu as l'aveuglement de le conserver!»

Antipas objecta qu'il pouvait un jour servir. Ses attaques contre Jérusalem gagnaient à eux le reste des Juifs.

Antipas understood her; and, although she was Agrippa's sister, her atrocious intention seemed to him entirely justified. Such murders were in the nature of things, inevitable in royal houses. In Herod's family they were now too numerous to count.

Then she revealed what measures she had taken: clients bribed, letters disclosed, spies at every door, and how she had managed to seduce Eutychus the informer. 'I did not count the cost! For your sake have I not done more?... I gave up my daughter!'

After her divorce she had left the child in Rome, expecting to have others by the Tetrarch. She had never spoken of her. He asked himself the reason for this sudden display of tenderness.

The velarium had been unfurled, and large cushions had been swiftly placed beside them. Herodias sank upon them, in tears, turning her back on him. Then she brushed her hand over her eyes, said that she did not want to think about it any more, that she was perfectly happy. She reminded him of their conversations there, in the atrium, their meetings in the baths, their walks along the Sacred Way, and their evenings in the great villas, listening to the murmur of splashing fountains, beneath arches of flowers, with the Roman countryside before them. She looked at him as she used to, rubbing up against his chest, fondling him. He pushed her away. The love she sought to rekindle was so far away, now! And all his misfortunes originated from it; for the war had been going on for nearly twelve years now. It had aged the Tetrarch. His shoulders were stooped beneath his dark, purple-bordered toga; his white hair mingled with his beard, and the sun striking through the awning lit up his gloomy brow. Herodias' too was furrowed; and they confronted each other with hostile stares.

The mountain paths began to show signs of life. Shepherds drove their oxen, children tugged donkeys along, grooms led horses. Those who were descending from the heights behind Machærus disappeared behind the castle; others were climbing up the ravine opposite, and once they arrived in the town were unloading their baggage in its courtyards. These were purveyors to the Tetrarch; others were the servants preceding his guests.

But at the foot of the terrace on the left, an Essene appeared; he wore a white robe, his feet were bare, and his expression was stoical. Mannaeus rushed towards him from the right, brandishing his cutlass.

"Kill him!" cried Herodias.

"Stop!" said the Tetrarch.

He stopped still; so did the other.

Then they withdrew, each down a different staircase, moving backwards, never losing sight of each other.

"I know him!" said Herodias. "His name is Phanuel, and he wants to see Iaokanann, since you have been short-sighted enough to keep him alive!"

Antipas objected; one day he might be useful. His attacks on Jerusalem were winning over to their side the rest of the Jews.

—«Non!» reprit-elle, «ils acceptent tous les maîtres, et ne sont pas capables de faire une patrie!» Quant à celui qui remuait le peuple avec des espérances conservées depuis Néhémias, la meilleure politique était de le supprimer.

Rien ne pressait, selon le Tétrarque. Iaokanann dangereux! Allons donc! Il affectait d'en rire.

—«Tais-toi!» Et elle redit son humiliation, un jour qu'elle allait vers Galaad, pour la récolte du baume.—«Des gens, au bord du fleuve, remettaient leurs habits. Sur un monticule, à côté, un homme parlait. Il avait une peau de chameau autour des reins, et sa tête ressemblait à celle d'un lion. Dès qu'il m'aperçut, il cracha sur moi toutes les malédictions des prophètes. Ses prunelles flamboyaient; sa voix rugissait; il levait les bras, comme pour arracher le tonnerre. Impossible de fuir! Les roues de mon char avaient du sable jusqu'aux essieux; et je m'éloignais lentement, m'abritant sous mon manteau, glacée par ces injures qui tombaient comme une pluie d'orage.»

Iaokanann l'empêchait de vivre. Quand on l'avait pris et lié avec des cordes, les soldats devaient le poignarder s'il résistait; il s'était montré doux. On avait mis des serpents dans sa prison; ils étaient morts.

L'inanité de ces embûches exaspérait Hérodias. D'ailleurs, pourquoi sa guerre contre elle? Quel intérêt le poussait? Ses discours, criés à des foules, s'étaient répandus, circulaient; elle les entendait partout, ils emplissaient l'air. Contre des légions elle aurait eu de la bravoure. Mais cette force plus pernicieuse que les glaives, et qu'on ne pouvait saisir, était stupéfiante; et elle parcourait la terrasse, blêmie par sa colère, manquant de mots pour exprimer ce qui l'étouffait.

Elle songeait aussi que le Tétrarque, cédant à l'opinion, s'aviserait peut-être de la répudier. Alors tout serait perdu! Depuis son enfance, elle nourrissait le rêve d'un grand empire. C'était pour y atteindre que, délaissant son premier époux, elle s'était jointe à celui-là, qui l'avait dupée, pensait-elle.

—«J'ai pris un bon soutien, en entrant dans ta famille!»

—«Elle vaut la tienne!» dit simplement le Tétrarque.

Hérodias sentit bouillonner dans ses veines le sang des prêtres et des rois ses aïeux.

—«Mais ton grand-père balayait le temple d'Ascalon! Les autres étaient bergers, bandits, conducteurs de caravanes, une horde, tributaire de Juda depuis le roi David! Tous mes ancêtres ont battu les tiens! Le premier des Makkabi vous a chassés d'Hébron, Hyrcan forcés à vous circoncire!» Et, exhalant le mépris de la patricienne pour le plébéien, la haine de Jacob contre Edom, elle lui reprocha son indifférence aux outrages, sa mollesse envers les Pharisiens qui le trahissaient, sa lâcheté pour le peuple qui la détestait. «Tu es comme lui, avoue-le! et tu regrettes la fille arabe qui danse autour des pierres. Reprends-la! Va-t'en vivre avec elle, dans sa maison de toile! dévore son pain cuit sous la cendre! avale le lait caillé de ses brebis! baise ses joues bleues! et oublie-moi!»

"No!" she replied, "they will accept any master and are incapable of forming a nation!" As for the man who was stirring up the people with hopes preserved since the days of Nehemiah, the best policy was to suppress him.

There was no hurry, according to the Tetrarch. 'Iaokanann dangerous? Come now!' He pretended to laugh at the idea.

"Be quiet!" And she retold the story of her humiliation one day when she was travelling towards Gilead to the balsam harvest. "There were people standing on the banks of the stream, putting on their clothes. On a hillock near them, a man was speaking. A camel skin was wrapped about his loins, and his head was like that of a lion. As soon as he saw me, he launched in my direction all the maledictions of the prophets. His eyes flamed, his voice shook, he raised his arms as if he would draw down lightning upon my head. It was impossible to escape! The wheels of my chariot sank in the sand up to the axles; and I could only crawl along, covering myself with my mantle, frozen with terror at the curses that poured upon me like a storm."

Iaokanann poisoned her very life. When he had been seized and bound with cords, the soldiers were ordered to stab him if he resisted, but he had been obedient. They had put snakes into his prison cell; they had died.

The inanity of such tricks exasperated Herodias. Besides, why did this man make war upon her? What interest moved him? His words, uttered before crowds of people, had been repeated and widely circulated; she heard them everywhere, they filled the air. Against legions she would have been brave. But this force, more pernicious than the sword, and impossible to grasp, was maddening. Herodias strode to and fro upon the terrace, white with rage, unable to find words to express the emotions that choked her.

She also thought that the Tetrarch might give in to public opinion and decide to repudiate her. Then all would be lost! Since she was a child she had cherished a dream of a great empire. As a step towards attaining this ambition, she had deserted her first husband, and married this one, who now she thought had duped her.

"I found a powerful support when I entered your family!"

"It is as good as yours!" the Tetrarch simply said.

Herodias felt the blood of the kings and priests, her ancestors, boiling in her veins.

"But your grandfather was a sweeper in the temple of Ascalon! The others were shepherds, bandits, conductors of caravans, a horde, paying tribute to Judah since King David's time! All my ancestors beat yours! The first of the Maccabees drove your people out of Hebron; Hyrcanus forced them to be circumcised!" Then, with all the contempt of the patrician for the plebeian, the hatred of Jacob for Edom, she reproached him for his indifference to insults, his weakness regarding the Pharisees who were betraying him, and his cowardly attitude towards the people who detested her. "You are like them, admit it! And you regret the loss of the Arab girl who danced round the stones. Take her back! Go and live with her in her canvas house! Eat her bread, baked under the ashes! Drink the curdled milk from her ewes! Kiss her blue cheeks! And forget me!"

Le Tétrarque n'écoutait plus. Il regardait la plate-forme d'une maison, où il y avait une jeune fille, et une vieille femme tenant un parasol à manche de roseau, long comme la ligne d'un pêcheur. Au milieu du tapis, un grand panier de voyage restait ouvert. Des ceintures, des voiles, des pendeloques d'orfèvrerie en débordaient confusément. La jeune fille, par intervalles, se penchait vers ces choses, et les secouait à l'air. Elle était vêtue comme les Romaines, d'une tunique calamistrée avec un péplum à glands d'émeraude; et des lanières bleues enfermaient sa chevelure, trop lourde, sans doute, car, de temps à autre, elle y portait la main. L'ombre du parasol se promenait au-dessus d'elle, en la cachant à demi. Antipas aperçut deux ou trois fois son col délicat, l'angle d'un œil, le coin d'une petite bouche. Mais il voyait, des hanches à la nuque, toute sa taille qui s'inclinait pour se redresser d'une maniè-re élastique. Il épiait le retour de ce mouvement, et sa respiration devenait plus forte; des flammes s'allumaient dans ses yeux. Hérodias l'observait.

Il demanda: —«Qui est-ce?»

Elle répondit n'en rien savoir, et s'en alla soudainement apaisée.

Le Tétrarque était attendu sous les portiques par des Galiléens, le maître des écritures, le chef des pâturages, l'administrateur des salines et un Juif de Babylone, commandant ses cavaliers. Tous le saluèrent d'une acclama-tion. Puis, il disparut vers les chambres intérieures.

Phanuel surgit à l'angle d'un couloir.

—«Ah! encore? Tu viens pour Iaokanann, sans doute?»

—«Et pour toi! j'ai à t'apprendre une chose considérable.»

Et, sans quitter Antipas, il pénétra, derrière lui, dans un appartement obscur.

Le jour tombait par un grillage, se développant tout du long sous la corni-che. Les murailles étaient peintes d'une couleur grenat, presque noir. Dans le fond s'étalait un lit d'ébène, avec des sangles en peau de bœuf. Un bouclier d'or, au-dessus, luisait comme un soleil.

Antipas traversa toute la salle, se coucha sur le lit.

Phanuel était debout. Il leva son bras, et dans une attitude inspirée:

—«Le Très-Haut envoie par moments un de ses fils. Iaokanann en est un. Si tu l'opprimes, tu seras châtié.

—«C'est lui qui me persécute!» s'écria Antipas. «Il a voulu de moi une ac-tion impossible. Depuis ce temps-là, il me déchire. Et je n'étais pas dur, au commencement! Il a même dépêché de Machærous des hommes qui bou-leversent mes provinces. Malheur à sa vie! Puisqu'il m'attaque, je me dé-fends!

—«Ses colères ont trop de violence,» répliqua Phanuel. «N'importe! Il faut le délivrer.»

—«On ne relâche pas les bêtes furieuses!» dit le Tétrarque.

L'Essénien répondit:

—«Ne t'inquiète plus! Il ira chez les Arabes, les Gaulois, les Scythes. Son œuvre doit s'étendre jusqu'au bout de la terre!»

Antipas semblait perdu dans une vision.

—«Sa puissance est forte!... Malgré moi, je l'aime!»

The Tetrarch was no longer listening to her. He was looking at the flat roof of a house, where there was a young girl and an old woman, who held a parasol with a reed handle as long as a fishing rod. In the middle of a rug a large travelling basket stood open. Girdles, veils and jewelled pendants spilled out of it in confusion. The young girl periodically bent over these things and shook them in the air. She was dressed in the costume of the Roman women, with a flowing tunic and a peplum ornamented with tassels of emeralds; and blue silken bands confined her hair, which seemed too heavy, since from time to time she put her hand up to it. The shadow of the parasol moved above her, half hiding her. Two or three times Antipas caught a glimpse of her delicate neck, the slant of an eye, the corner of a small mouth. But he could see her figure, from her hips to her neck, leaning forward and straightening again with an elastic grace. He waited for her to repeat this movement, his breath quickened, his eyes kindled. Herodias watched him.

He asked: "Who is that?"

She replied that she did not know, and walked away, suddenly pacified.

Under the porticoes the Tetrarch was awaited by several Galileans, the master of the scribes, the chief of the land stewards, the manager of the salt mines, and a Jew from Babylon, commanding his cavalry. They all greeted him with acclamation. Then he disappeared towards the inner rooms.

Phanuel sprang from the corner of a corridor.

"Ah, you again? You have come to see Iaokanann, I suppose?"

"And to see you! I have something of great importance to tell you."

And, staying with Antipas, he followed him into a dark room.

The daylight came through a grill, running along below the cornice. The walls were painted dark red, almost black. At the far end of the room stood an ebony bed, with oxhide straps. A golden shield above it shone like a sun.

Antipas crossed the room and lay down on the bed.

Phanuel remained standing. He raised his arm, and striking an inspired attitude:

"At times the Almighty sends us one of His sons. Iaokanann is one of them. If you oppress him, you will be punished."

"But it is he that persecutes me!" exclaimed Antipas. "He asked me to do a thing that was impossible. Since then he has done nothing but revile me. And I was not severe with him to begin with! He has even sent men from Machærus who are spreading discontent throughout my provinces. A curse upon him! Since he attacks me, I defend myself!"

"He has expressed his anger with too much violence," replied Phanuel. "No matter! He must be set free."

"One does not let loose furious animals!" said the Tetrarch.

The Essene replied:

"Have no fear! He will go to the Arabs, the Gauls, and the Scythians. His work must be extended to the ends of the earth!"

Antipas seemed lost in a vision.

"His power is great!... In spite of myself, I like him!"

—«Alors, qu'il soit libre?»

Le Tétrarque hocha la tête. Il craignait Hérodias, Mannaeï, et l'inconnu.

Phanuel tâcha de le persuader, en alléguant, pour garantie de ses projets, la soumission des Esséniens aux rois. On respectait ces hommes pauvres, indomptables par les supplices, vêtus de lin, et qui lisaient l'avenir dans les étoiles.

Antipas se rappela un mot de lui, tout à l'heure.

—«Quelle est cette chose, que tu m'annonçais comme importante?»

Un nègre survint. Son corps était blanc de poussière. Il râlait et ne put que dire:

—«Vitellius!»

—«Comment? il arrive?»

—«Je l'ai vu. Avant trois heures, il est ici!»

Les portières des corridors furent agitées comme par le vent. Une rumeur emplit le château, un vacarme de gens qui couraient, de meubles qu'on traînait, d'argenteries s'écroulant; et, du haut des tours, des buccins sonnaient, pour avertir les esclaves dispersés.

II

Les remparts étaient couverts de monde quand Vitellius entra dans la cour. Il s'appuyait sur le bras de son interprète, suivi d'une grande litière rouge ornée de panaches et de miroirs, ayant la toge, le laticlave, les brodequins d'un consul et des licteurs autour de sa personne.

Ils plantèrent contre la porte leurs douze faisceaux, des baguettes reliées par une courroie avec une hache dans le milieu. Alors, tous frémirent devant la majesté du peuple romain.

La litière, que huit hommes manœuvraient, s'arrêta. Il en sortit un adolescent, le ventre gros, la face bourgeonnée, des perles le long des doigts. On lui offrit une coupe pleine de vin et d'aromates. Il la but, et en réclama une seconde.

Le Tétrarque était tombé aux genoux du Proconsul, chagrin, disait-il, de n'avoir pas connu plus tôt la faveur de sa présence. Autrement, il eût ordonné sur les routes tout ce qu'il fallait pour les Vitellius. Ils descendaient de la déesse Vitellia. Une voie, menant du Janicule à la mer, portait encore leur nom. Les questures, les consulats étaient innombrables dans la famille; et quant à Lucius, maintenant son hôte, on devait le remercier comme vainqueur des Clites et père de ce jeune Aulus, qui semblait revenir dans son domaine, puisque l'Orient était la patrie des dieux. Ces hyperboles furent exprimées en latin. Vitellius les accepta impassiblement.

Il répondit que le grand Hérode suffisait à la gloire d'une nation. Les Athéniens lui avaient donné la surintendance des jeux Olympiques. Il avait

"Then set him free!"

The Tetrarch shook his head. He feared Herodias, Mannaeus, and the unknown.

Phanuel tried to persuade him, promising, as a guarantee of his projects, the submission of the Essenes to the kings. These poor people, clad only in linen, untameable in spite of severe treatment, who read the future in the stars, commanded respect.

Antipas remembered something Phanuel had said shortly before.

"What is the important thing you mentioned?"

A Negro entered the room. His body was white with dust. He was gasping for breath and could only say:

"Vitellius!"

"What? Is he coming?"

"I have seen him. Within three hours he will be here!"

The portieres in the corridors were swaying as if in a wind. Noise filled the castle, the hubbub of people running, the sounds of the moving of furniture, the rattle of silverware; and from the tops of the towers trumpets sounded to warn the scattered slaves.

II

The ramparts were thronged with people when Vitellius entered the courtyard. He was leaning on the arm of his interpreter, followed by a great red litter, decorated with plumes and mirrors; he wore the toga, the laticlave and the buskins of a consul and was surrounded by lictors.

Against the gate they placed their twelve fasces—bundles of rods strapped together with an axe in the middle. And all trembled before the majesty of the Roman people.

The litter, borne by eight men, came to a halt. From it descended a youth with a big belly, a face covered with pimples and many pearls on his fingers. A cup of aromatic wine was offered to him. He drank it and asked for another.

The Tetrarch had fallen at the Proconsul's knees, saying that he was grieved not to have known sooner of the favour of his presence. Otherwise he would have issued a command that every measure along the route should be taken to receive the members of the Vitellius family properly. They were descended from the goddess Vitellia. A highway, leading from the Janiculum to the sea, still bore their name. Questors and consuls were innumerable in the family; and as for Lucius, now his guest, it was their duty to thank him, as the conqueror of the Cliti and the father of this young Aulus, who seemed to be returning to his own domain, since the East was the homeland of the gods. These hyperboles were expressed in Latin. Vitellius accepted them impassively.

He replied that Herod the Great was enough to ensure the glory of the nation. The Athenians had chosen him to direct the Olympian games. He

bâti des temples en l'honneur d'Auguste, été patient, ingénieux, terrible, et fidèle toujours aux Césars.

Entre les colonnes à chapiteaux d'airain, on aperçut Hérodias qui s'avançait d'un air d'impératrice, au milieu de femmes et d'eunuques tenant sur des plateaux de vermeil des parfums allumés.

Le Proconsul fit trois pas à sa rencontre; et, l'ayant saluée d'une inclinaison de tête:

—«Quel bonheur!» s'écria-t-elle, «que désormais Agrippa, l'ennemi de Tibère, fût dans l'impossibilité de nuire!»

Il ignorait l'événement, elle lui parut dangereuse; et comme Antipas jurait qu'il ferait tout pour l'Empereur, Vitellius ajouta: «Même au détriment des autres?»

Il avait tiré des otages du roi des Parthes, et l'Empereur n'y songeait plus; car Antipas, présent à la conférence, pour se faire valoir, en avait tout de suite expédié la nouvelle. De là, une haine profonde, et les retards à fournir des secours.

Le Tétrarque balbutia. Mais Aulus dit en riant:

—«Calme-toi, je te protège!»

Le Proconsul feignit de n'avoir pas entendu. La fortune du père dépendait de la souillure du fils; et cette fleur des fanges de Caprée lui procurait des bénéfices tellement considérables, qu'il l'entourait d'égards, tout en se méfiant, parce qu'elle était vénéneuse.

Un tumulte s'éleva sous la porte. On introduisait une file de mules blanches, montées par des personnages en costume de prêtres. C'étaient des Sadducéens et des Pharisiens, que la même ambition poussait à Machærous, les premiers voulant obtenir la sacrificature, et les autres la conserver. Leurs visages étaient sombres, ceux des Pharisiens surtout, ennemis de Rome et du Tétrarque. Les pans de leur tunique les embarrassaient dans la cohue; et leur tiare chancelait à leur front par-dessus des bandelettes de parchemin, où des écritures étaient tracées.

Presque en même temps, arrivèrent des soldats de l'avant-garde. Ils avaient mis leurs boucliers dans des sacs, par précaution contre la poussière; et derrière eux était Marcellus, lieutenant du Proconsul, avec des publicains, serrant sous leurs aisselles des tablettes de bois.

Antipas nomma les principaux de son entourage: Tolmaï, Kanthera, Séhon, Ammonius d'Alexandrie, qui lui achetait de l'asphalte, Naâmann, capitaine de ses vélites, Iaçim le Babylonien.

Vitellius avait remarqué Mannaeï.

—«Celui-là, qu'est-ce donc?»

Le Tétrarque fit comprendre, d'un geste, que c'était le bourreau.

Puis, il présenta les Sadducéens.

Jonathas, un petit homme libre d'allures et parlant grec, supplia le maître de les honorer d'une visite à Jérusalem. Il s'y rendrait probablement.

had built temples in the honour of Augustus; he had been patient, ingenious, formidable, and always loyal to the Caesars.

Between the columns with their bronze capitals, Herodias could now be seen advancing with the air of an empress, in the midst of a group of women and eunuchs carrying perfumed torches on silver-gilt platters.

The Proconsul advanced three steps to meet her. She saluted him with an inclination of her head.

"How fortunate!" she exclaimed, "that henceforth Agrippa, the enemy of Tiberius, can do harm no longer!"

Vitellius did not understand her allusion; he thought her a dangerous woman. When Antipas declared that he was ready to do anything for the emperor, Vitellius added: "Even to the detriment of others?"

He had taken hostages from the king of the Parthians, but the emperor had given no further thought to the matter, because Antipas, who had been present at the conference, had, in order to gain favour, sent off dispatches bearing the news. From that time he had borne a profound hatred and had delayed in sending assistance to him.

The Tetrarch stammered something. But Aulus laughed and said:

"Calm down. I will protect you!"

The Proconsul feigned not to hear this remark. The fortune of the father depended on the defilement of the son; and this flower from the filth of Capri procured him such substantial benefits that he nurtured it carefully, yet remaining suspicious, because it was venomous.

A tumult arose within the gates. A file of white mules entered the courtyard, mounted by men in priestly garb. These were the Sadducees and the Pharisees, who were drawn to Machærus by the same ambition: the former wanted to obtain the office of High Priest, the others to retain it. Their faces were dark, particularly those of the Pharisees, who were enemies of Rome and of the Tetrarch. The skirts of their tunics embarrassed their movements in the crowd; and their tiaras sat unsteadily on their foreheads, around which were bound bands of parchment, showing lines of writing.

Almost at the same time the soldiers of the advance guard arrived. Cloth coverings had been drawn over their shields to protect them from the dust. Behind them came Marcellus, the Proconsul's lieutenant, followed by the publicans, carrying their tablets of wood under their arms.

Antipas introduced the principle members of his entourage: Tolmai, Kanthera, Sehon, Ammonius of Alexandria, who bought asphalt for him; Naaman, captain of his light infantry, and Jacim the Babylonian.

Vitellius had noticed Mannaeus.

"Who is that man?"

The Tetrarch by a gesture indicated that he was the executioner.

He then presented the Sadducees.

Jonathas, a short relaxed man, who spoke Greek, begged the master to honor them with a visit to Jerusalem. He replied that he would probably go there.

Eléazar, le nez crochu et la barbe longue, réclama pour les Pharisiens le manteau du grand prêtre détenu dans la tour Antonia par l'autorité civile.

Ensuite, les Galiléens dénoncèrent Ponce Pilate. À l'occasion d'un fou qui cherchait les vases d'or de David dans une caverne, près de Samarie, il avait tué des habitants; et tous parlaient à la fois, Mannaeï plus violemment que les autres. Vitellius affirma que les criminels seraient punis.

Des vociférations éclatèrent en face d'un portique, où les soldats avaient suspendu leurs boucliers. Les housses étant défaites, on voyait sur les *umbo* la figure de César. C'était pour les Juifs une idolâtrie. Antipas les harangua, pendant que Vitellius, dans la colonnade, sur un siège élevé, s'étonnait de leur fureur. Tibère avait eu raison d'en exiler quatre cents en Sardaigne. Mais chez eux ils étaient forts; et il commanda de retirer les boucliers.

Alors, ils entourèrent le Proconsul, en implorant des réparations d'injustice, des privilèges, des aumônes. Les vêtements étaient déchirés, on s'écrasait; et, pour faire de la place, des esclaves avec des bâtons frappaient de droite et de gauche. Les plus voisins de la porte descendirent sur le sentier, d'autres le montaient; ils refluèrent; deux courants se croisaient dans cette masse d'hommes qui oscillait, comprimée par l'enceinte des murs.
Vitellius demanda pourquoi tant de monde. Antipas en dit la cause: le festin de son anniversaire; et il montra plusieurs de ses gens, qui, penchés sur les créneaux, halaient d'immenses corbeilles de viandes, de fruits, de légumes, des antilopes et des cigognes, de larges poissons couleur d'azur, des raisins, des pastèques, des grenades élevées en pyramides. Aulus n'y tint pas. Il se précipita vers les cuisines, emporté par cette goinfrerie qui devait surprendre l'univers.
En passant près d'un caveau, il aperçut des marmites pareilles à des cuirasses. Vitellius vint les regarder; et exigea qu'on lui ouvrît les chambres souterraines de la forteresse.
Elles étaient taillées dans le roc en hautes voûtes, avec des piliers de distance en distance. La première contenait de vieilles armures; mais la seconde regorgeait de piques, et qui allongeaient toutes leurs pointes, émergeant d'un bouquet de plumes. La troisième semblait tapissée en nattes de roseaux, tant les flèches minces étaient perpendiculairement les unes à côté des autres. Des lames de cimeterres couvraient les parois de la quatrième. Au milieu de la cinquième, des rangs de casques faisaient, avec leurs crêtes, comme un bataillon de serpents rouges. On ne voyait dans la sixième que des carquois; dans la septième, que des cnémides; dans la huitième, que des brassards; dans les suivantes, des fourches, des grappins, des échelles, des cordages, jusqu'à des mâts pour les catapultes, jusqu'à des grelots pour le poitrail des dromadaires! et comme la montagne allait en s'élargissant vers sa base, évidée à l'intérieur telle qu'une ruche d'abeilles, au-dessous de ces chambres il y en avait de plus nombreuses, et d'encore plus profondes.
Vitellius, Phinées son interprète, et Sisenna le chef des publicains, les parcouraient à la lumière des flambeaux, que portaient trois eunuques.

Eleazar, who had a hooked nose and a long beard, put forth a claim, on behalf of the Pharisees, for the mantle of the High Priest, held in the tower of Antonia by the civil authorities.

Then the Galileans denounced Pontius Pilate. Because some madman went seeking in a cave near Samaria for King David's golden vases, he had had some of the inhabitants killed. They all spoke at once, Mannaeus more fiercely than the others. Vitellius promised that the criminals would be punished.

Vociferations broke out in front of a portico, where the soldiers had hung their shields. Their coverings having now been removed, a carving of the head of Caesar could be seen on the *umbo*. To the Jews, this seemed a form of idolatry. Antipas harangued them, while Vitellius, who occupied a raised seat in the colonnade, was astonished at their fury. Tiberius had done right to exile four hundred of these people to Sardinia. But in their own country they were strong; and he ordered the shields to be removed.

Then they surrounded the Proconsul, imploring him to remedy injustices, asking for privileges and alms. Clothes were torn, people crushed; in order to clear some space, slaves with staves were hitting out right and left. Those nearest the gates descended to the road; others came up; they were driven back; two streams of human beings flowed in and out, compressed within the limits of the walls.

Vitellius asked why there was such a crowd. Antipas explained the reason: his birthday feast; and he pointed to several of his people who, leaning over the battlements, were hauling up immense baskets of meat, fruit, vegetables, antelopes, and storks; large blue fish, grapes, watermelons, and pyramids of pomegranates. Aulus could not contain himself. He hastened to the kitchens, led by his gluttony, which later became the amazement of the world.

As he passed by a cellar, he perceived some pots resembling breastplates. Vitellius came over to look at them and then demanded that the subterranean chambers of the fortress be thrown open for him.

They were cut into the rock and had been formed into high vaults, with pillars set at regular distances. The first contained old armour; the second was full of pikes, with their points emerging from tufts of feathers. The third seemed to be lined with a tapestry made of reeds, being filled with slender arrows laid in perpendicular rows. The walls of the fourth were covered with scimitar blades. In the middle of the fifth rows of crested helmets looked like a battalion of red serpents. The sixth contained nothing but quivers; the seventh, greaves; the eighth, armlets; and the following, forks, grappling irons, ladders, cords, even poles for catapults, even bells for the dromedaries' chest plates! and as the mountain grew broader towards its base, hollowed out inside like a beehive, below these chambers were many others, and still deeper.

Vitellius, Phineas, his interpreter, and Sisenna, chief of the publicans, walked among these cells by the light of torches, carried by three eunuchs.

On distinguait dans l'ombre des choses hideuses inventées par les barbares; casse-têtes garnis de clous, javelots empoisonnant les blessures, tenailles qui ressemblaient à des mâchoires de crocodiles; enfin le Tétrarque possédait dans Machærous des munitions de guerre pour quarante mille hommes.

Il les avait rassemblées en prévision d'une alliance de ses ennemis. Mais le Proconsul pouvait croire, ou dire, que c'était pour combattre les Romains, et il cherchait des explications.

Elles n'étaient pas à lui; beaucoup servaient à se défendre des brigands; d'ailleurs il en fallait contre les Arabes; ou bien, tout cela avait appartenu à son père. Et, au lieu de marcher derrière le Proconsul, il allait devant, à pas rapides. Puis il se rangea le long du mur, qu'il masquait de sa toge, avec ses deux coudes écartés; mais le haut d'une porte dépassait sa tête. Vitellius la remarqua, et voulut savoir ce qu'elle enfermait.

Le Babylonien pouvait seul l'ouvrir.

—«Appelle le Babylonien!»

On l'attendit.

Son père était venu des bords de l'Euphrate s'offrir au grand Hérode, avec cinq cents cavaliers, pour défendre les frontières orientales. Après le partage du royaume, Iaçim était demeuré chez Philippe, et maintenant servait Antipas.

Il se présenta, un arc sur l'épaule, un fouet à la main. Des cordons multicolores serraient étroitement ses jambes torses. Ses gros bras sortaient d'une tunique sans manches, et un bonnet de fourrure ombrageait sa mine, dont la barbe était frisée en anneaux.

D'abord, il eut l'air de ne pas comprendre l'interprète. Mais Vitellius lança un coup d'œil à Antipas, qui répéta tout de suite son commandement. Alors Iaçim appliqua ses deux mains contre la porte. Elle glissa dans le mur.

Un souffle d'air chaud s'exhala des ténèbres. Une allée descendait en tournant; ils la prirent et arrivèrent au seuil d'une grotte, plus étendue que les autres souterrains.

Une arcade s'ouvrait au fond sur le précipice, qui de ce côté-là défendait la citadelle. Un chèvrefeuille, se cramponnant à la voûte, laissait retomber ses fleurs en pleine lumière. À ras du sol, un filet d'eau murmurait.

Des chevaux blancs étaient là, une centaine peut-être, et qui mangeaient de l'orge sur une planche au niveau de leur bouche. Ils avaient tous la crinière peinte en bleu, les sabots dans des mitaines de sparterie, et les poils d'entre les oreilles bouffant sur le frontal, comme une perruque. Avec leur queue très longue, ils se battaient mollement les jarrets. Le Proconsul en resta muet d'admiration.

C'étaient de merveilleuses bêtes, souples comme des serpents, légères comme des oiseaux. Elles partaient avec la flèche du cavalier, renversaient les hommes en les mordant au ventre, se tiraient de l'embarras des rochers, sautaient par-dessus des abîmes, et pendant tout un jour continuaient dans les plaines leur galop frénétique; un mot les arrêtait. Dès que Iaçim entra,

In the shadows hideous instruments, invented by barbarians, could be seen: clubs studded with nails; poisoned javelins; pincers resembling the jaws of crocodiles; in short, the Tetrarch possessed in Machærus munitions of war sufficient for forty thousand men.

He had accumulated them in anticipation of an alliance among his enemies. But the Proconsul might believe, or say, that it was to fight the Romans, so he tried to find explanations.

These things did not belong to him; many of them were necessary to defend the place against brigands; besides, he needed them against the Arabs; or else all this had been the property of his father. And instead of walking behind the Proconsul, he went in front, with rapid steps. Then he stood against the wall, spreading his arms and trying to conceal it with his toga; but above his head the top of a door was visible. Vitellius noticed it and wanted to know what was inside.

Only the Babylonian could open it.

"Summon the Babylonian!"

They awaited his coming.

His father had come from the banks of the Euphrates to offer his services, as well as five hundred horsemen, to Herod the Great in the defence of the eastern frontiers. After the division of the kingdom, Jacim had stayed with Philip, and was now in the service of Antipas.

He appeared, a bow on his shoulder, a whip in his hand. Cords of many colours were lashed tightly about his knotted legs. His massive arms were thrust from a sleeveless tunic, and a fur cap shaded his face. His beard was curled in ringlets.

At first he seemed not to understand the interpreter. But Vitellius threw a glance at Antipas, who promptly repeated his command. Then Jacim laid both his hands against the door. It slid into the wall.

A wave of hot air surged from the darkness. A winding path led downwards; they followed it and arrived at the threshold of a grotto, somewhat larger than the other underground cells.

An arched opening at the back of this chamber gave upon a precipice, which formed a defence for this side of the citadel. A honeysuckle clung to the ceiling, its flowers hanging down in the sunlight. A running stream murmured at ground level.

There were white horses in there, perhaps a hundred; they were eating barley from a plank placed on a level with their mouths. Their manes had been painted blue; their hoofs were wrapped in coverings of woven grass, and the hair between their ears was puffed out in front like a wig. They switched their very long tails gently over their hocks. The Proconsul looked at them in silent admiration.

They were wonderful animals; supple as snakes, light as birds. They could fly as rapidly as the arrow of the rider, overturn men and bite them in the belly; they were sure-footed among rocky passes, and would jump over abysses; they could gallop across the plains a whole day without tiring; one word would stop them. As soon as Jacim entered, they came up to him, as

elles vinrent à lui, comme des moutons quand paraît le berger; et, avançant leur encolure, elles le regardaient inquiètes avec leurs yeux d'enfant. Par habitude, il lança du fond de sa gorge un cri rauque qui les mit en gaieté; et elles se cabraient, affamées d'espace, demandant à courir.

Antipas, de peur que Vitellius ne les enlevât, les avait emprisonnées dans cet endroit, spécial pour les animaux, en cas de siège.

—«L'écurie est mauvaise,» dit le Proconsul, «et tu risques de les perdre! Fais l'inventaire, Sisenna!»

Le publicain retira une tablette de sa ceinture, compta les chevaux et les inscrivit.

Les agents des compagnies fiscales corrompaient les gouverneurs, pour piller les provinces. Celui-là flairait partout, avec sa mâchoire de fouine et ses paupières clignotantes.

Enfin, on remonta dans la cour.

Des rondelles de bronze au milieu des pavés, çà et là, couvraient les citernes. Il en observa une, plus grande que les autres, et qui n'avait pas sous les talons leur sonorité. Il les frappa toutes alternativement, puis hurla, en piétinant:

—«Je l'ai! je l'ai! C'est ici le trésor d'Hérode!»

La recherche de ses trésors était une folie des Romains.

Ils n'existaient pas, jura le Tétrarque.

Cependant, qu'y avait-il là-dessous?

—«Rien! un homme, un prisonnier.

—«Montre-le!» dit Vitellius.

Le Tétrarque n'obéit pas; les Juifs auraient connu son secret. Sa répugnance à ouvrir la rondelle impatientait Vitellius.

—«Enfoncez-la!» cria-t-il aux licteurs.

Mannaeï avait deviné ce qui les occupait. Il crut, en voyant une hache, qu'on allait décapiter Iaokanann; et il arrêta le licteur au premier coup sur la plaque, insinua entre elle et les pavés une manière de crochet, puis, roidissant ses longs bras maigres, la souleva doucement, elle s'abattit; tous admirèrent la force de ce vieillard. Sous le couvercle doublé de bois, s'étendait une trappe de même dimension. D'un coup de poing, elle se replia en deux panneaux; on vit alors un trou, une fosse énorme que contournait un escalier sans rampe; et ceux qui se penchèrent sur le bord aperçurent au fond quelque chose de vague et d'effrayant.

Un être humain était couché par terre, sous de longs cheveux se confondant avec les poils de bête qui garnissaient son dos. Il se leva. Son front touchait à une grille horizontalement scellée; et, de temps à autre, il disparaissait dans les profondeurs de son antre.

Le soleil faisait briller la pointe des tiares, le pommeau des glaives, chauffait à outrance les dalles; et des colombes, s'envolant des frises, tournoyaient au-dessus de la cour. C'était l'heure où Mannaeï, ordinairement, leur jetait du grain. Il se tenait accroupi devant le Tétrarque, qui était debout près de Vitellius. Les Galiléens, les prêtres, les soldats, formaient un cercle par-derrière; tous se taisaient, dans l'angoisse de ce qui allait arriver.

Ce fut d'abord un grand soupir, poussé d'une voix caverneuse.

sheep crowd around the shepherd; and, thrusting forward their necks, they looked at him anxiously with their childlike eyes. From force of habit, he emitted from the depths of his throat a raucous cry, which excited them; they pranced about, impatient at their confinement and longing to run.

Antipas, fearing that Vitellius would take them away, had shut them up in this place, made especially to accommodate animals in case of siege.

"These stables are bad," said the Proconsul, "and you risk losing the horses! Make an inventory, Sisenna!"

The publican drew a tablet from his belt, counted the horses, and recorded the number.

The agents of the fiscal companies corrupted the governors in order to pillage the provinces. This one sniffed around everywhere, with his weasel's jaws and blinking eyes.

Eventually they went back up to the courtyard.

Round bronze lids, sunk in the stones of the pavement here and there, covered the cisterns. The publican noticed that one of these was larger than the others, and that it sounded different when walked on. He struck them all, one after another; then stamped upon the ground and shouted:

"I have found it! I have found it! Here is Herod's treasure!"

Searching for his treasure was a mania among the Romans.

It did not exist, swore the Tetrarch.

What was down there, then?

"Nothing! a man, a prisoner."

"Show him to me!" said Vitellius.

The Tetrarch did not obey; the Jews would discover his secret. His reluctance to lift the cover made Vitellius impatient.

"Break it in!" he cried to the lictors.

Mannaeus had guessed what occupied their minds. Seeing a hatchet, he thought they were going to behead Iaokanann; and he stopped the lictor after the first blow on the lid, slipped between it and the pavement a kind of hook, then bracing his long, lean arms, gently raised it; it fell back, and all admired the strength of the old man. Under the wood-lined lid was a trapdoor of the same size. At a blow of the fist it folded back in two halves, allowing a hole to be seen, an enormous pit, with a flight of winding steps without handrail; those that bent over the edge saw a vague and terrifying shape in its depths.

A human being lay on the ground, his long hair hanging over the animal skin that covered his back. He rose to his feet. His forehead touched a grating horizontally embedded in the wall; and, from time to time, he disappeared into the depths of his dungeon.

The tips of the tiaras and the sword-hilts sparkled brilliantly in the sunlight which excessively heated the flagstones; the doves, flying out from the friezes, circled above the courtyard. It was the hour when Mannaeus usually threw them grain. He crouched before the Tetrarch, who stood near Vitellius. The Galileans, the priests, and the soldiers formed a circle behind them; all were silent, waiting with anxiety for what was going to happen.

A great, cavernous sigh rose from the pit.

Hérodias l'entendit à l'autre bout du palais. Vaincue par une fascination, elle traversa la foule; et elle écoutait, une main sur l'épaule de Mannaeï, le corps incliné.

La voix s'éleva:

—«Malheur à vous, Pharisiens et Sadducéens, race de vipères, outres gonflées, cymbales retentissantes!»

On avait reconnu Iaokanann. Son nom circulait. D'autres accoururent.

«Malheur à toi, ô peuple! et aux traîtres de Juda, aux ivrognes d'Éphraïm, à ceux qui habitent la vallée grasse, et que les vapeurs du vin font chanceler!

«Qu'ils se dissipent comme l'eau qui s'écoule, comme la limace qui se fond en marchant, comme l'avorton d'une femme qui ne voit pas le soleil.

«Il faudra, Moab, te réfugier dans les cyprès comme les passereaux, dans les cavernes comme les gerboises. Les portes des forteresses seront plus vite brisées que des écailles de noix, les murs crouleront, les villes brûleront; et le fléau de l'Éternel ne s'arrêtera pas. Il retournera vos membres dans votre sang, comme de la laine dans la cuve d'un teinturier. Il vous déchirera comme une herse neuve; il répandra sur les montagnes tous les morceaux de votre chair!»

De quel conquérant parlait-il? Était-ce de Vitellius? Les Romains seuls pouvaient produire cette extermination. Des plaintes s'échappaient:—«Assez! assez! qu'il finisse!»

Il continua, plus haut:

—«Auprès du cadavre de leurs mères, les petits enfants se traîneront sur les cendres. On ira, la nuit, chercher son pain à travers les décombres, au hasard des épées. Les chacals s'arracheront des ossements sur les places publiques, où le soir les vieillards causaient. Tes vierges, en avalant leurs pleurs, joueront de la cithare dans les festins de l'étranger, et tes fils les plus braves baisseront leur échine, écorchée par des fardeaux trop lourds!»

Le peuple revoyait les jours de son exil, toutes les catastrophes de son histoire. C'étaient les paroles des anciens prophètes. Iaokanann les envoyait, comme de grands coups, l'une après l'autre.

Mais la voix se fit douce, harmonieuse, chantante. Il annonçait un affranchissement, des splendeurs au ciel, le nouveau-né un bras dans la caverne du dragon, l'or à la place de l'argile, le désert s'épanouissant comme une rose:—«Ce qui maintenant vaut soixante kiccars ne coûtera pas une obole. Des fontaines de lait jailliront des rochers; on s'endormira dans les pressoirs le ventre plein! Quand viendras-tu, toi que j'espère? D'avance, tous les peuples s'agenouillent, et ta domination sera éternelle, Fils de David!»

Le Tétrarque se rejeta en arrière, l'existence d'un Fils de David l'outrageant comme une menace.

Iaokanann l'invectiva pour sa royauté.—«Il n'y a pas d'autre roi que l'Éternel! et pour ses jardins, pour ses statues, pour ses meubles d'ivoire, comme l'impie Achab!»

Antipas brisa la cordelette du cachet suspendu à sa poitrine, et le lança dans la fosse, en lui commandant de se taire.

Herodias heard it from the other end of the palace. Drawn by an irresistible fascination, she made her way through the crowd, and, reaching Mannaeus, she leant one hand on his shoulder and bent over to listen.

The voice rose:

"Woe unto you, Pharisees and Sadducees, race of vipers, bloated wineskins, tinkling cymbals!"

The voice of Iaokanann was recognized. His name was whispered about. Others ran up.

"Woe unto you, O people! Woe unto the traitors of Judah and the drunkards of Ephraim, those who dwell in the fertile valleys and stagger with the fumes of wine!

"May they disappear like running water, like the slug that melts as it moves, like an abortion that never sees the sun.

"You, Moab, must hide in the midst of the cypress like the sparrows; in caverns, like the jerboas. The gates of the fortresses will be shattered more easily than nutshells; the walls will crumble; cities will burn; and the scourge of the Eternal One shall not cease. He will cause your limbs to be bathed in your own blood, like wool in the dyer's vat. He will rend you, as with a new harrow; He will scatter all the pieces of your flesh over the mountains!"

Of which conqueror was he speaking? Was it Vitellius? Only the Romans could bring about such an extermination. The people began to complain: "Enough! enough! let him speak no more!"

He continued in louder tones:

"Beside the corpses of their mothers, little children will drag themselves over the ashes. At night men will go to seek bread among the ruins, at the risk of the sword. Jackals will pick bones in the public places, where in the evenings old men were wont to talk. Your maidens, swallowing their tears, will play the zither at the stranger's banquets, and the bravest of your sons will bend their backs, chafed with burdens too heavy to bear!"

The people remembered the days of their exile, all the catastrophes in their history. These were the words of the ancient prophets. Iaokanann thundered them forth like great blows, one after another.

But the voice became sweet, harmonious, musical. He spoke of redemption, of the glories of heaven, of a newborn child putting his arm into the dragon's cavern, of gold in place of clay; of the desert blossoming like the rose. "That which is now worth sixty pieces of silver will not cost a single obol. Fountains of milk will spring from the rocks; men will sleep among the winepresses with full bellies! When will you come, you in whom I hope? All the peoples kneel before you, and your reign will be eternal, Son of David!"

The Tetrarch recoiled back; the existence of a son of David seemed to him like a menace to himself.

Iaokanann then poured forth invectives against him for his royal status: "There is no other king than the Eternal One!"—and for his gardens, his statues, his ivory furniture, comparing him to the impious Ahab!

Antipas broke the cord of the seal hanging on his chest, and threw it into the pit, commanding him to be silent.

La voix répondit:

—«Je crierai comme un ours, comme un âne sauvage, comme une femme qui enfante!

«Le châtiment est déjà dans ton inceste, Dieu t'afflige de la stérilité du mulet!»

Et des rires s'élevèrent, pareils au clapotement des flots.

Vitellius s'obstinait à rester. L'interprète, d'un ton impassible, redisait, dans la langue des Romains, toutes les injures que Iaokanann rugissait dans la sienne. Le Tétrarque et Hérodias étaient forcés de les subir deux fois. Il haletait, pendant qu'elle observait béante le fond du puits.

L'homme effroyable se renversa la tête; et, empoignant les barreaux, y colla son visage, qui avait l'air d'une broussaille, où étincelaient deux charbons:

—«Ah! c'est toi, Iézabel!

«Tu as pris son cœur avec le craquement de ta chaussure. Tu hennissais comme une cavale. Tu as dressé ta couche sur les monts, pour accomplir tes sacrifices!

«Le Seigneur arrachera tes pendants d'oreilles, tes robes de pourpre, tes voiles de lin, les anneaux de tes bras, les bagues de tes pieds, et les petits croissants d'or qui tremblent sur ton front, tes miroirs d'argent, tes éventails en plumes d'autruche, les patins de nacre qui haussent ta taille, l'orgueil de tes diamants, les senteurs de tes cheveux, la peinture de tes ongles, tous les artifices de ta mollesse; et les cailloux manqueront pour lapider l'adultère!»

Elle chercha du regard une défense autour d'elle. Les Pharisiens baissaient hypocritement leurs yeux. Les Sadducéens tournaient la tête, craignant d'offenser le Proconsul. Antipas paraissait mourir.

La voix grossissait, se développait, roulait avec des déchirements de tonnerre, et, l'écho dans la montagne la répétant, elle foudroyait Machærous d'éclats multipliés.

—«Étale-toi dans la poussière, fille de Babylone! Fais moudre la farine! Ôte ta ceinture, détache ton soulier, trousse-toi, passe les fleuves! ta honte sera découverte, ton opprobre sera vu! tes sanglots te briseront les dents! L'Éternel exècre la puanteur de tes crimes! Maudite! maudite! Crève comme une chienne!»

La trappe se ferma, le couvercle se rabattit. Mannaeï voulait étrangler Iaokanann.

Hérodias disparut. Les Pharisiens étaient scandalisés. Antipas, au milieu d'eux, se justifiait.

—«Sans doute,» reprit Eléazar, «il faut épouser la femme de son frère, mais Hérodias n'était pas veuve, et de plus elle avait un enfant, ce qui constituait l'abomination.»

—«Erreur! erreur!» objecta le Sadducéen Jonathas. «La Loi condamne ces mariages, sans les proscrire absolument.»

—«N'importe! On est pour moi bien injuste!» disait Antipas, «car, enfin, Absalon a couché avec les femmes de son père, Juda avec sa bru, Ammon avec sa sœur, Loth avec ses filles.»

The voice replied:
"I will cry like a bear, like a wild ass, like a woman in travail!"

"The punishment has already visited itself upon your incest! God has afflicted you with the sterility of a mule!"

A sound of laughter arose, like waves lapping on the shore.

Vitellius persisted to stay. His interpreter, in impassive tones, translated into the Roman tongue all the insults that Iaokanann was roaring in his own. The Tetrarch and Herodias had to suffer them twice over. He was breathing heavily, while she gazed at the bottom of the pit with open mouth.

The terrible man threw back his head; he grasped the bars and pressed his face against them, looking like a bush with two burning coals glowing in its midst:

"Ah! It is you, Jezebel!

"You captured his heart with the cracking of your shoe. You whinnied like a mare. You set your bed on the mountain tops to accomplish your sacrifices!

"The Lord will tear off your earrings, your purple robes, your linen veils, the bracelets on your arms, the anklets on your feet, the little golden crescents that dangle on your brow, your silver mirrors, your fans of ostrich plumes, your mother-of-pearl shoes that make you taller, your glittering diamonds, the scent of your hair, the tint of your nails,—all the artifices of your coquetry, and there will not be stones enough to lapidate the adulteress!"

She looked around for some one to defend her. The Pharisees lowered their eyes hypocritically. The Sadducees turned away their heads, fearing to offend the Proconsul. Antipas looked as if he was about to die.

The voice grew louder, rolled with claps of thunder, and the mountains gave back an echo which struck Machærus with multiplying roars.

"Prostrate yourself in the dust, daughter of Babylon! Grind your flour! Remove your girdle and your shoes, gather up your garments and walk through the stream! your shame will be laid bare, your disgrace will be seen! your sobs will break your teeth! The Eternal One execrates the stench of your crimes! Accursed one! Die like a dog!"

The trapdoor was shut down, the lid fell back into place. Mannaeus wanted to strangle Iaokanann.

Herodias disappeared. The Pharisees were scandalized. Antipas, standing among them, attempted to justify his conduct.

"Without doubt," said Eleazar, "a man should marry his brother's wife, but Herodias was not a widow, and besides, she had a child; and that was an abomination."

"You are wrong! You are wrong!" objected Jonathas the Sadducee. "The law condemns such marriages but does not absolutely forbid them."

"No matter! All the world shows me injustice!" said Antipas; "after all, Absalom slept with his father's wives, Judah with his daughter-in-law, Ammon with his sister, and Lot with his daughters."

Aulus, qui venait de dormir, reparut à ce moment-là. Quand il fut instruit de l'affaire, il approuva le Tétrarque. On ne devait point se gêner pour de pareilles sottises; et il riait beaucoup du blâme des prêtres, et de la fureur de Iaokanann.

Hérodias, au milieu du perron, se retourna vers lui.

—«Tu as tort, mon maître! Il ordonne au peuple de refuser l'impôt.»

—«Est-ce vrai?» demanda tout de suite le Publicain.

Les réponses furent généralement affirmatives. Le Tétrarque les renfor-çait.

Vitellius songea que le prisonnier pouvait s'enfuir; et comme la conduite d'Antipas lui semblait douteuse, il établit des sentinelles aux portes, le long des murs et dans la cour.

Ensuite, il alla vers son appartement. Les députations des prêtres l'ac-compagnèrent.

Sans aborder la question de la sacrificature, chacune émettait ses griefs.

Tous l'obsédaient. Il les congédia.

Jonathas le quittait, quand il aperçut, dans un créneau, Antipas causant avec un homme à longs cheveux et en robe blanche, un Essénien; et il re-gretta de l'avoir soutenu.

Une réflexion avait consolé le Tétrarque. Iaokanann ne dépendait plus de lui; les Romains s'en chargeaient. Quel soulagement! Phanuel se promenait alors sur le chemin de ronde.

Il l'appela, et, désignant les soldats:

—«Ils sont les plus forts! je ne peux le délivrer! ce n'est pas ma faute!»

La cour était vide. Les esclaves se reposaient. Sur la rougeur du ciel, qui enflammait l'horizon, les moindres objets perpendiculaires se détachaient en noir. Antipas distingua les salines à l'autre bout de la mer Morte, et ne voyait plus les tentes des Arabes. Sans doute ils étaient partis? La lune se levait; un apaisement descendait dans son cœur.

Phanuel, accablé, restait le menton sur la poitrine. Enfin, il révéla ce qu'il avait à dire.

Depuis le commencement du mois, il étudiait le ciel avant l'aube, la constellation de Persée se trouvant au zénith. Agalah se montrait à peine, Algol brillait moins, Mira-Cœti avait disparu; d'où il augurait la mort d'un homme considérable, cette nuit même, dans Machærous.

Lequel? Vitellius était trop bien entouré. On n'exécuterait pas Iaokanann. «C'est donc moi!» pensa le Tétrarque.

Peut-être que les Arabes allaient revenir? Le Proconsul découvrirait ses relations avec les Parthes! Des sicaires de Jérusalem escortaient les prêtres; ils avaient sous leurs vêtements des poignards; et le Tétrarque ne doutait pas de la science de Phanuel.

Il eut l'idée de recourir à Hérodias. Il la haïssait pourtant. Mais elle lui donnerait du courage; et tous les liens n'étaient pas rompus de l'ensorcelle-ment qu'il avait autrefois subi.

Aulus, who had been away sleeping, now reappeared. After he had heard how matters stood, he approved of the attitude of the Tetrarch. A man should never allow himself to be annoyed by such nonsense; and he laughed a lot at the censure of the priests and the fury of Iaokanann.

Herodias, in the middle of a flight of steps, turned towards him.

"You are wrong, my lord! He ordered the people to refuse to pay the taxes."

"Is that true?" asked the publican at once.

The responses were generally affirmative. The Tetrarch confirmed them.

Vitellius thought that the prisoner might escape; and as the conduct of Antipas appeared to him suspicious, he posted sentinels at the gates, along the walls and in the courtyard.

Then he retired to his rooms. The deputations of the priests accompanied him.

Without touching upon the question of the office of High Priest, each group expressed its grievances.

They all beset him. He dismissed them.

As Jonathas was leaving him, he noticed Antipas in a crenel, talking to an Essene, who wore a white robe and long hair; and he regretted having supported him.

One thought now consoled the Tetrarch. He was no longer responsible for the fate of Iaokanann; the Romans had assumed that charge. What a relief! At that moment Phanuel was pacing along the rampart.

He called him over and, pointing at the soldiers:

"They are stronger than I! I cannot set him free! It is not my fault!"

The courtyard was empty. The slaves were resting. The sunset spread a red glow over the horizon, against which the smallest objects stood out in black. Antipas was able to distinguish the salt mines at the other end of the Dead Sea, and he no longer saw the tents of the Arabs. Doubtless they had gone. The moon rose; a feeling of peace descended upon his heart.

Phanuel, overwhelmed, stood with his chin upon his chest. At last he revealed what he had to say.

Since the beginning of the month he had studied the sky before dawn, the constellation Perseus being at the zenith. Agalah was hardly visible, Algol shone less brightly, Mira-Cœti had disappeared; whence he augured the death of some man of great importance, that very night, in Machærus.

Who? Vitellius was too closely guarded. Iaokanann would not be executed. "Then it is I!" thought the Tetrarch.

Perhaps the Arabs would return. The Proconsul might discover his relations with the Parthians! Hired assassins from Jerusalem escorted the priests; they had daggers under their garments, and the Tetrarch did not doubt Phanuel's learning.

He conceived the idea of having recourse to Herodias. He hated her, however. But she would give him courage, and all the bonds were not broken of the spell she had formerly cast upon him.

Quand il entra dans sa chambre, du cinnamome fumait sur une vasque de porphyre; et des poudres, des onguents, des étoffes pareilles à des nuages, des broderies plus légères que des plumes, étaient dispersées.

Il ne dit pas la prédiction de Phanuel, ni sa peur des Juifs et des Arabes; elle l'eût accusé d'être lâche. Il parla seulement des Romains; Vitellius ne lui avait rien confié de ses projets militaires. Il le supposait ami de Caïus, que fréquentait Agrippa; et il serait envoyé en exil, ou peut-être on l'égorgerait.

Hérodias, avec une indulgence dédaigneuse, tâcha de le rassurer. Enfin, elle tira d'un petit coffre une médaille bizarre, ornée du profil de Tibère. Cela suffisait à faire pâlir les licteurs et fondre les accusations.

Antipas, ému de reconnaissance, lui demanda comment elle l'avait.
—«On me l'a donnée,» reprit-elle.
Sous une portière en face, un bras nu s'avança, un bras jeune, charmant et comme tourné dans l'ivoire par Polyclète. D'une façon un peu gauche, et cependant gracieuse, il ramait dans l'air, pour saisir une tunique oubliée sur une escabelle près de la muraille.
Une vieille femme la passa doucement, en écartant le rideau.
Le Tétrarque eut un souvenir, qu'il ne pouvait préciser.
—«Cette esclave est-elle à toi?»
—«Que t'importe?» répondit Hérodias.

III

Les convives emplissaient la salle du festin.
Elle avait trois nefs, comme une basilique, et que séparaient des colonnes en bois d'algumim, avec des chapiteaux de bronze couverts de sculptures. Deux galeries à claire-voie s'appuyaient dessus; et une troisième en filigrane d'or se bombait au fond, vis-à-vis d'un cintre énorme, qui s'ouvrait à l'autre bout.
Des candélabres, brûlant sur les tables alignées dans toute la longueur du vaisseau, faisaient des buissons de feux, entre les coupes de terre peinte et les plats de cuivre, les cubes de neige, les monceaux de raisin; mais ces clartés rouges se perdaient progressivement, à cause de la hauteur du plafond, et des points lumineux brillaient, comme des étoiles, la nuit, à travers des branches. Par l'ouverture de la grande baie, on apercevait des flambeaux sur les terrasses des maisons; car Antipas fêtait ses amis, son peuple, et tous ceux qui s'étaient présentés.
Des esclaves, alertes comme des chiens et les orteils dans des sandales de feutre, circulaient, en portant des plateaux.
La table proconsulaire occupait, sous la tribune dorée, une estrade en planches de sycomore. Des tapis de Babylone l'enfermaient dans une espèce de pavillon.

When he entered her chamber, cinnamon was smouldering in a bowl of porphyry; and powders, unguents, fabrics like clouds, embroideries lighter than feathers, were scattered about.

He did not mention Phanuel's prediction, or his dread of the Jews and Arabs; she would have accused him of cowardice. He spoke of the Romans only; Vitellius had not confided to him any of his military projects. He supposed him to be a friend of Caius, who often visited Agrippa; and he would be sent into exile, or perhaps he would be murdered.

Herodias, with indulgent contempt, tried to encourage him. At last she took from a small casket a curious medallion adorned with Tiberius's profile. That was enough to make the lictors turn pale and to base accusations upon.

Antipas, touched with gratitude, asked her how she had obtained it.

"It was given to me," she replied.

Beneath a portiere opposite, a bare arm protruded, a lovely, youthful arm, that might have been carved in ivory by Polyclitus. Somewhat awkwardly, and yet with grace, it felt about in the air, trying to grasp a tunic left upon a stool near the wall.

An old woman gently passed it to her, pulling aside the curtain.

The Tetrarch remembered the face, but could not place it.

"Is that slave yours?"

"What matters it to you?" replied Herodias.

III

The guests filled the banqueting-hall.

It had three naves, like a basilica, separated by columns of sandalwood, with bronze capitals covered with sculptures. Two galleries with openwork balustrades overhung it; and a third, in gold filigree, was at one end, opposite an immense arch at the other.

The candelabra burning on the tables, which were spread the whole length of the hall, glowed like clusters of flaming flowers among the cups of painted clay, the copper plates, the cubes of snow and heaps of grapes; but those red gleams one after another were lost in space because of the height of the ceiling, and points of light twinkled, like the stars at night, through the branches. Through the opening of the vast arch, one could see torches on the terraces of the houses; for Antipas feasted his friends, his subjects, and all who had presented themselves.

The slaves, alert as dogs, glided about in felt sandals, carrying dishes to and fro.

The table of the Proconsul was placed beneath the gilded balcony upon a platform of sycamore boards. Tapestries from Babylon enclosed it in a sort of pavilion.

Trois lits d'ivoire, un en face et deux sur les flancs, contenaient Vitellius, son fils et Antipas; le Proconsul étant près de la porte, à gauche, Aulus à droite, le Tétrarque au milieu.

Il avait un lourd manteau noir, dont la trame disparaissait sous des applications de couleur, du fard aux pommettes, la barbe en éventail, et de la poudre d'azur dans ses cheveux, serrés par un diadème de pierreries. Vitellius gardait son baudrier de pourpre, qui descendait en diagonale sur une toge de lin. Aulus s'était fait nouer dans le dos les manches de sa robe en soie violette, lamée d'argent. Les boudins de sa chevelure formaient des étages, et un collier de saphirs étincelait à sa poitrine, grasse et blanche comme celle d'une femme. Près de lui, sur une natte et jambes croisées, se tenait un enfant très beau, qui souriait toujours. Il l'avait vu dans les cuisines, ne pouvait plus s'en passer, et, ayant peine à retenir son nom chaldéen, l'appelait simplement: «l'Asiatique.» De temps à autre, il s'étalait sur le triclinium. Alors, ses pieds nus dominaient l'assemblée.

De ce côté-là, il y avait les prêtres et les officiers d'Antipas, des habitants de Jérusalem, les principaux des villes grecques; et, sous le Proconsul: Marcellus avec les Publicains, des amis du Tétrarque, les personnages de Kana, Ptolémaïde, Jéricho; puis, pêle-mêle, des montagnards du Liban, et les vieux soldats d'Hérode: douze Thraces, un Gaulois, deux Germains, des chasseurs de gazelles, des pâtres de l'Idumée, le sultan de Palmyre, des marins d'Eziongaber. Chacun avait devant soi une galette de pâte molle, pour s'essuyer les doigts; et les bras, s'allongeant comme des cous de vautour, prenaient des olives, des pistaches, des amandes. Toutes les figures étaient joyeuses, sous des couronnes de fleurs.

Les Pharisiens les avaient repoussées comme indécence romaine. Ils frissonnèrent quand on les aspergea de galbanum et d'encens, composition réservée aux usages du Temple.

Aulus en frotta son aisselle; et Antipas lui en promit tout un chargement, avec trois couffes de ce véritable baume, qui avait fait convoiter la Palestine à Cléopâtre.

Un capitaine de sa garnison de Tibériade, survenu tout à l'heure, s'était placé derrière lui, pour l'entretenir d'événements extraordinaires. Mais son attention était partagée entre le Proconsul et ce qu'on disait aux tables voisines.

On y causait de Iaokanann et des gens de son espèce; Simon de Gittoï lavait les péchés avec du feu. Un certain Jésus...

—«Le pire de tous,» s'écria Eléazar. «Quel infâme bateleur!»

Derrière le Tétrarque, un homme se leva, pâle comme la bordure de sa chlamyde. Il descendit l'estrade, et, interpellant les Pharisiens:

—«Mensonge! Jésus fait des miracles!»

Antipas désirait en voir.

—«Tu aurais dû l'amener! Renseigne-nous!»

Alors il conta que lui, Jacob, ayant une fille malade, s'était rendu à Capharnaüm, pour supplier le Maître de vouloir la guérir. Le Maître avait répondu: «Retourne chez toi, elle est guérie!» Et il l'avait trouvée sur le seuil,

Three ivory couches, one facing the door, and the other two placed one on either side, held Vitellius, his son, and Antipas; the Proconsul being near the door, at the left, Aulus on the right, the Tetrarch in the centre.

He wore a heavy black mantle, the texture of which was hidden by coloured embroideries; he had paint on his cheekbones; his beard was spread out like a fan; azure powder had been scattered over his hair, surmounted by a diadem of precious stones. Vitellius still wore his purple band, crossed diagonally over a linen toga. Aulus had the sleeves of his robe of violet silk, shot with silver, tied at his back. The long spiral curls of his hair formed terraces, and a necklace of sapphires sparkled on his breast, which was as plump and white as a woman's. Beside him, on a mat, with legs crossed, sat a very beautiful boy, who smiled incessantly. He had seen him in the kitchen, could not live without him, and having difficulty in remembering his Chaldean name, called him simply the "Asiatic." From time to time he stretched himself out on the triclinium. Then his bare feet overlooked the assemblage.

On one side there were the priests and officers of Antipas, people from Jerusalem, the chief men of the Greek cities; and, under the Proconsul, Marcellus with the publicans, friends of the Tetrarch, the notables of Cana, Ptolemais, and Jericho; then, mingled pell-mell, mountaineers from Liban and Herod's old soldiers (twelve Thracians, a Gaul, two Germans), gazelle-hunters, Idumean shepherds, the sultan of Palmyra, sailors from Eziongaber. Each person had before him a cake of soft dough, on which to wipe his fingers; and their arms, stretching out like vultures' necks, seized olives, pistachios, and almonds. All the faces beamed with joy beneath crowns of flowers.

The Pharisees refused to wear these wreaths as a Roman indecency. They shuddered when they were sprinkled with galbanum and incense, a compound reserved for the use of the Temple.

Aulus rubbed his armpits with it; and Antipas promised him a whole cargo, with three bales of that genuine balsam which caused Cleopatra to covet Palestine.

A captain of his garrison at Tiberius, recently arrived, took his place behind him, to tell him of extraordinary events. But his attention was divided between the Proconsul and what was being said at the neighbouring tables.

The talk was of Iaokanann and men of his type; Simon of Gitta purged sin with fire. A certain Jesus...

"The worst of all!" cried Eleazar. "An infamous juggler!"

Behind the Tetrarch a man arose, as pale as the hem of his chlamys. He descended from the platform and addressed the Pharisees:

"That is a lie! Jesus does miracles!"

Antipas wanted to see them.

"You should have brought him with you! Tell us!"

Then he told that he, Jacob, having a daughter who was sick, had betaken himself to Capernaum, to implore the Master to heal her. The Master had replied: "Return to your home, she is healed!" And he had found her in the

étant sortie de sa couche quand le gnomon du palais marquait la troisième heure, l'instant même où il abordait Jésus.

Certainement, objectèrent les Pharisiens, il existait des pratiques, des herbes puissantes! Ici même, à Machærous, quelquefois on trouvait le baaras qui rend invulnérable; mais guérir sans voir ni toucher était une chose impossible, à moins que Jésus n'employât les démons.

Et les amis d'Antipas, les principaux de la Galilée, reprirent, en hochant la tête:

—«Les démons, évidemment.»

Jacob, debout entre leur table et celle des prêtres, se taisait d'une manière hautaine et douce.

Ils le sommaient de parler:—«Justifie son pouvoir!»

Il courba les épaules, et à voix basse, lentement, comme effrayé de lui-même:

—«Vous ne savez donc pas que c'est le Messie?»

Tous les prêtres se regardèrent; et Vitellius demanda l'explication du mot. Son interprète fut une minute avant de répondre.

Ils appelaient ainsi un libérateur qui leur apporterait la jouissance de tous les biens et la domination de tous les peuples. Quelques-uns même soutenaient qu'il fallait compter sur deux. Le premier serait vaincu par Gog et Magog, des démons du Nord; mais l'autre exterminerait le Prince du Mal; et, depuis des siècles, ils l'attendaient à chaque minute.

Les prêtres s'étant concertés, Eléazar prit la parole.

D'abord le Messie serait enfant de David, et non d'un charpentier; il confirmerait la Loi. Ce Nazaréen l'attaquait; et, argument plus fort, il devait être précédé par la venue d'Élie.

Jacob répliqua:

«Mais il est venu, Élie!»

—«Élie! Élie!» répéta la foule, jusqu'à l'autre bout de la salle.

Tous, par l'imagination, apercevaient un vieillard sous un vol de corbeaux, la foudre allumant un autel, des pontifes idolâtres jetés aux torrents; et les femmes, dans les tribunes, songeaient à la veuve de Sarepta.

Jacob s'épuisait à redire qu'il le connaissait! Il l'avait vu! et le peuple aussi!

—«Son nom?»

Alors, il cria de toutes ses forces:

—«Iaokanann!»

Antipas se renversa comme frappé en pleine poitrine. Les Sadducéens avaient bondi sur Jacob. Eléazar pérorait, pour se faire écouter.

Quand le silence fut établi, il drapa son manteau, et comme un juge posa des questions.

—«Puisque le prophète est mort...»

Des murmures l'interrompirent. On croyait Élie disparu seulement.

Il s'emporta contre la foule, et, continuant son enquête:

—«Tu penses qu'il est ressuscité?

—«Pourquoi pas?» dit Jacob.

doorway, having left her bed when the gnomon of the palace marked the third hour, the very moment when he had accosted Jesus.

Of course, argued the Pharisees, there are devices, powerful herbs! Sometimes, even here, at Machærus, one found the baaras which made men invulnerable; but to cure without seeing or touching was an impossibility, unless Jesus employed demons.

And the friends of Antipas, the chief men of Galilee, repeated, shaking their heads:

"Demons, clearly."

Jacob, standing between their table and that of the priests, held his peace, with a haughty yet gentle bearing.

They called upon him to speak: "Explain his power!"

He bent his shoulders, and in an undertone, slowly, as if afraid of himself:

"Know you not that He is the Messiah?"

The priests stared at one another, and Vitellius demanded the meaning of the word. His interpreter paused a moment before replying.

They called by that name a liberator who should bring to them the enjoyment of all their goods and power over all peoples. Some indeed maintained that two should be expected. The first would be vanquished by Gog and Magog, demons of the North; but the other would exterminate the Prince of Evil; and for ages they had expected his coming every minute.

The priests having taken counsel together, Eleazar spoke for them.

First, the Messiah would be a son of David, not of a carpenter. He would confirm the Law. This Nazarene assailed it; and—a yet stronger argument—he was to be preceded by the coming of Elias.

Jacob replied:

"But Elias has come!"

"Elias! Elias!" the crowd repeated, to the farthest end of the hall.

All, in imagination, saw an old man beneath a flock of ravens, the lightning shining upon an altar, idolatrous pontiffs cast into raging torrents; and the women in the tribunes thought of the widow of Sarepta.

Jacob wearied himself repeating that he knew him! He had seen him! And so had the people!

"His name?"

Then he shouted with all his strength:

"Iaokanann!"

Antipas fell backward as if stricken full in the chest. The Sadducees leaped upon Jacob. Eleazar harangued, seeking to obtain an audience.

When silence was restored, he folded his mantle about him and put questions, like a judge.

"Since the prophet is dead..."

Murmurs interrupted him. It was believed that Elias had disappeared only.

He rebuked the crowd, and continuing his inquiry:

"Do you believe that he has come to life again?"

"Why not?" said Jacob.

Les Sadducéens haussèrent les épaules; Jonathas, écarquillant ses petits yeux, s'efforçait de rire comme un bouffon. Rien de plus sot que la prétention du corps à la vie éternelle; et il déclama, pour le Proconsul, ce vers d'un poète contemporain:

Nec crescit, nec post mortem durare videtur.

Mais Aulus était penché au bord du triclinium, le front en sueur, le visage vert, les poings sur l'estomac.

Les Sadducéens feignirent un grand émoi;—le lendemain, la sacrificature leur fut rendue;—Antipas étalait du désespoir; Vitellius demeurait impassible. Ses angoisses étaient pourtant violentes; avec son fils il perdait sa fortune.

Aulus n'avait pas fini de se faire vomir, qu'il voulut remanger.

—«Qu'on me donne de la râpure de marbre, du schiste de Naxos, de l'eau de mer, n'importe quoi! Si je prenais un bain?»

Il croqua de la neige, puis, ayant balancé entre une terrine de Commagène et des merles roses, se décida pour des courges au miel. L'Asiatique le contemplait, cette faculté d'engloutissement dénotant un être prodigieux et d'une race supérieure.

On servit des rognons de taureau, des loirs, des rossignols, des hachis dans des feuilles de pampre; et les prêtres discutaient sur la résurrection. Ammonius, élève de Philon le Platonicien, les jugeait stupides, et le disait à des Grecs qui se moquaient des oracles. Marcellus et Jacob s'étaient joints. Le premier narrait au second le bonheur qu'il avait ressenti sous le baptême de Mithra, et Jacob l'engageait à suivre Jésus. Les vins de palme et de tamaris, ceux de Safet et de Byblos, coulaient des amphores dans les cratères, des cratères dans les coupes, des coupes dans les gosiers; on bavardait, les cœurs s'épanchaient. Iaçim, bien que Juif, ne cachait plus son adoration des planètes. Un marchand d'Aphaka ébahissait des nomades, en détaillant les merveilles du temple d'Hiérapolis; et ils demandaient combien coûterait le pèlerinage. D'autres tenaient à leur religion natale. Un Germain presque aveugle chantait un hymne célébrant ce promontoire de la Scandinavie, où les dieux apparaissent avec les rayons de leurs figures; et des gens de Sichem ne mangèrent pas de tourterelles, par déférence pour la colombe Azima.

Plusieurs causaient debout, au milieu de la salle; et la vapeur des haleines avec les fumées des candélabres faisait un brouillard dans l'air. Phanuel passa le long des murs.

Il venait encore d'étudier le firmament, mais n'avançait pas jusqu'au Tétrarque, redoutant les taches d'huile qui, pour les Esséniens, étaient une grande souillure.

Des coups retentirent contre la porte du château.

On savait maintenant que Iaokanann s'y trouvait détenu. Des hommes avec des torches grimpaient le sentier; une masse noire fourmillait dans le ravin; et ils hurlaient de temps à autre:

—«Iaokanann! Iaokanann!»

—«Il dérange tout!» dit Jonathas.

—«On n'aura plus d'argent, s'il continue!» ajoutèrent les Pharisiens.

The Sadducees shrugged their shoulders; Jonathas, opening wide his little eyes, gave a forced, buffoon-like laugh. Nothing could be more absurd than the idea that a human body could have eternal life; and he declaimed, for the benefit of the Proconsul, this line from a contemporaneous poet:

Nec crescit, nec post mortem durare videtur.

But Aulus was leaning over the edge of the triclinium, his forehead bathed in sweat, green of face, his hands on his stomach.

The Sadducees pretended to be deeply moved; the next day the offices of the High Priest was restored to them; Antipas appeared to be in despair; Vitellius remained impassive. Nevertheless he felt some anxiety, for the loss of his son would mean the loss of his fortune.

Aulus had not finished vomiting when he wished to eat again.

"Give me some marble-dust, schist from Naxos, sea-water—anything! Perhaps it would do me good to take a bath."

He crunched snow; then, after hesitating between a Commagene stew and pink blackbirds, he decided upon gourds with honey. The Asiatic stared at him, that faculty of absorbing food denoting a prodigious being of a superior race.

Bulls' kidneys were served, also dormice, nightingales, and minced-meat on vine leaves; and the priests discussed the resurrection. Ammonius, pupil of Philo the Platonist, deemed them stupid, and said as much to Greeks who laughed at the oracles. Marcellus and Jacob had come together. The first described to the second the bliss he had felt during his baptism by Mithra, and Jacob urged him to follow Jesus. The wines of the palm and the tamarisk, those of Safed and of Byblos, ran from the amphorae into the craters, from the craters into the cups, and from the cups down the throats; every one talked, all hearts opening. Jacim, although a Jew, did not conceal his adoration of the planets. A merchant from Aphaka amazed the nomads with his description of the marvels in the temple of Hierapolis; and they asked how much the pilgrimage would cost. Others held fast to their native religion. A German, almost blind, sang a hymn celebrating that promontory in Scandinavia where the gods appeared with halos around their heads; the people from Sichem declined to eat turtle-doves, out of deference to the dove Azima.

Many talked, standing in the centre of the hall, and the vapour of their breaths, with the smoke of the candles, made a fog in the air. Phanuel passed along the wall.

He had been studying the firmament again, but he did not approach the Tetrarch, dreading the drops of oil, which, to the Essenes, were a great pollution.

Blows resounded upon the castle gates.

It was known now that Iaokanann was held a prisoner there. Men with torches ascended the path; a black mass swarmed in the ravine; and they roared from time to time:

"Iaokanann! Iaokanann!"

"He disturbs everything!" said Jonathas.

"We shall have no more money if he continues!" added the Pharisees.

Et des récriminations partaient:

—«Protège-nous!»

—«Qu'on en finisse!»

—«Tu abandonnes la religion!»

—«Impie comme les Hérode!»

—«Moins que vous!» répliqua Antipas. «C'est mon père qui a édifié votre temple!»

Alors les Pharisiens, les fils des proscrits, les partisans des Matathias, accusèrent le Tétrarque des crimes de sa famille.

Ils avaient des crânes pointus, la barbe hérissée, des mains faibles et méchantes, ou la face camuse, de gros yeux ronds, l'air de bouledogues. Une douzaine, scribes et valets des prêtres, nourris par le rebut des holocaustes, s'élancèrent jusqu'au bas de l'estrade; et avec des couteaux ils menaçaient Antipas, qui les haranguait pendant que les Sadducéens le défendaient mollement. Il aperçut Mannaeï, et lui fit signe de s'en aller, Vitellius indiquant par sa contenance que ces choses ne le regardaient pas.

Les Pharisiens, restés sur leur triclinium, se mirent dans une fureur démoniaque. Ils brisèrent les plats devant eux. On leur avait servi le ragoût chéri de Mécène: de l'âne sauvage, une viande immonde.

Aulus les railla à propos de la tête d'âne, qu'ils honoraient, disait-on, et débita d'autres sarcasmes sur leur antipathie du pourceau. C'était sans doute parce que cette grosse bête avait tué leur Bacchus; et ils aimaient trop le vin, puisqu'on avait découvert dans le Temple une vigne d'or.

Les prêtres ne comprenaient pas ses paroles. Phinées, Galiléen d'origine, refusa de les traduire. Alors sa colère fut démesurée, d'autant plus que l'Asiatique, pris de peur, avait disparu; et le repas lui déplaisait, les mets étant vulgaires point déguisés suffisamment! Il se calma, en voyant des queues de brebis syriennes, qui sont des paquets de graisse.

Le caractère des Juifs semblait hideux à Vitellius. Leur dieu pouvait bien être Moloch, dont il avait rencontré des autels sur la route; et les sacrifices d'enfants lui revinrent à l'esprit, avec l'histoire de l'homme qu'ils engraissaient mystérieusement. Son cœur de Latin était soulevé de dégoût par leur intolérance, leur rage iconoclaste, leur achoppement de brute. Le Proconsul voulait partir. Aulus s'y refusa.

La robe abaissée jusqu'aux hanches, il gisait derrière un monceau de victuailles, trop repu pour en prendre, mais s'obstinant à ne point les quitter.

L'exaltation du peuple grandit. Ils s'abandonnèrent à des projets d'indépendance. On rappelait la gloire d'Israël. Tous les conquérants avaient été châtiés: Antigone, Crassus, Varus...

—«Misérables!» dit le Proconsul; car il entendait le syriaque; son interprète ne servait qu'à lui donner du loisir pour répondre.

Antipas, bien vite, tira la médaille de l'Empereur, et, l'observant avec tremblement, il la présentait du côté de l'image.

Les panneaux de la tribune d'or se déployèrent tout à coup; et à la splendeur des cierges, entre ses esclaves et des festons d'anémones, Hérodias ap-

And recriminations arose:

"Protect us!"

"Let us make an end of him!"

"You abandon the religion!"

"Impious as the Herods!"

"Less so than you!" retorted Antipas. "It was my father who built your temple!"

Then the Pharisees, the sons of the proscribed, the partisans of Mattathias, accused the Tetrarch of the crimes committed by his family.

They had pointed skulls, bristling beards, weak and evil hands, or flat noses, great round eyes, and the expression of a bulldog. A dozen or more, scribes and servants of the priests, fed upon the refuse of holocausts, rushed as far as the foot of the platform, and with knives threatened Antipas, who harangued them, while the Sadducees listlessly defended him. He noticed Mannaeus and motioned him to go, Vitellius signifying by his expression that these things did not concern him.

The Pharisees, leaning against the triclinium, worked themselves into a demoniacal frenzy. They broke the dishes before them. They had been served with the favourite stew of Maecenas—wild ass—unclean meat.

Aulus mocked at them on the subject of the ass's head, which they held in honour, it was said, and indulged in other sarcasms concerning their antipathy for pork. Doubtless it was because that vulgar beast had killed their Bacchus; and they were too fond of wine, since a golden vine had been discovered in the Temple.

The priests did not understand his words. Phineas, by birth a Galilean, refused to translate them. Thereupon Aulus's wrath knew no bounds, the more so as the Asiatic, seized with fright, has disappeared; and the repast failed to please him, the dishes being commonplace, not sufficiently disguised! He became calmer when he saw tails of Syrian sheep, which are bundles of fat.

The character of the Jews seemed hideous to Vitellius. Their god might well be Moloch, whose altars he had noticed along the road; and the sacrifices of children recurred to his mind, with the story of the man whom they were mysteriously fattening. His Latin heart rose in disgust at their intolerance, their iconoclastic frenzy, their brutish stagnation. The Proconsul wished to go, Aulus refused.

His robe fallen to his hips, he lay behind a heap of food, too replete to take more, but persisting in not leaving it.

The exaltation of the people increased. They abandoned themselves to schemes of independence. They recalled the glory of Israel. All the conquerors had been punished: Antigone, Crassus, Varus...

"Villains!" said the Proconsul; for he understood Syriac; his interpreter simply gave him time to compose his replies.

Antipas quickly drew the medallion of the Emperor, and, watching him tremblingly, held it with the image towards him.

Suddenly the panels of the golden tribune were folded back, and in the brilliant blaze of candles, between her slaves and festoons of anemone,

parut,—coiffée d'une mitre assyrienne qu'une mentonnière attachait à son front; ses cheveux en spirales s'épandaient sur un péplos d'écarlate, fendu dans la longueur des manches. Deux monstres en pierre, pareils à ceux du trésor des Atrides, se dressant contre la porte, elle ressemblait à Cybèle accotée de ses lions; et du haut de la balustrade qui dominait Antipas, avec une patère à la main, elle cria:

—«Longue vie à César!»

Cet hommage fut répété par Vitellius, Antipas et les prêtres.

Mais il arriva du fond de la salle un bourdonnement de surprise et d'admiration. Une jeune fille venait d'entrer.

Sous un voile bleuâtre lui cachant la poitrine et la tête, on distinguait les arcs de ses yeux, les calcédoines de ses oreilles, la blancheur de sa peau. Un carré de soie gorge-de-pigeon, en couvrant les épaules, tenait aux reins par une ceinture d'orfèvrerie. Ses caleçons noirs étaient semés de mandragores, et d'une manière indolente elle faisait claquer de petites pantoufles en duvet de colibri.

Sur le haut de l'estrade, elle retira son voile. C'était Hérodias, comme autrefois dans sa jeunesse. Puis elle se mit à danser.

Ses pieds passaient l'un devant l'autre, au rythme de la flûte et d'une paire de crotales. Ses bras arrondis appelaient quelqu'un, qui s'enfuyait toujours. Elle le poursuivait, plus légère qu'un papillon, comme une Psyché curieuse, comme une âme vagabonde et semblait prête à s'envoler.

Les sons funèbres de la gingras remplacèrent les crotales. L'accablement avait suivi l'espoir. Ses attitudes exprimaient des soupirs, et toute sa personne une telle langueur qu'on ne savait pas si elle pleurait un dieu, ou se mourait dans sa caresse. Les paupières entre-closes, elle se tordait la taille, balançait son ventre avec des ondulations de houle, faisait trembler ses deux seins, et son visage demeurait immobile, et ses pieds n'arrêtaient pas.

Vitellius la compara à Mnester, le pantomime. Aulus vomissait encore. Le Tétrarque se perdait dans un rêve, et ne songeait plus à Hérodias. Il crut la voir près des Sadducéens. La vision s'éloigna.

Ce n'était pas une vision. Elle avait fait instruire, loin de Machærous, Salomé sa fille, que le Tétrarque aimerait; et l'idée était bonne. Elle en était sûre, maintenant!

Puis ce fut l'emportement de l'amour qui veut être assouvi. Elle dansa comme les prêtresses des Indes, comme les Nubiennes des cataractes, comme les Bacchantes de Lydie. Elle se renversait de tous les côtés, pareille à une fleur que la tempête agite. Les brillants de ses oreilles sautaient, l'étoffe de son dos chatoyait; de ses bras, de ses pieds, de ses vêtements jaillissaient d'invisibles étincelles qui enflammaient les hommes. Une harpe chanta; la multitude y répondit par des acclamations. Sans fléchir ses genoux en écartant les jambes, elle se courba si bien que son menton frôlait le plancher; et les nomades habitués à l'abstinence, les soldats de Rome experts en débauches, les avares publicains, les vieux prêtres aigris par les disputes, tous, dilatant leurs narines, palpitaient de convoitise.

Ensuite elle tourna autour de la table d'Antipas, frénétiquement, comme le rhombe des sorcières; et d'une voix que des sanglots de volupté entre-

Herodias appeared—on her head an Assyrian mitre held in place on her brow by a chin-piece; her hair fell in spiral curls over a scarlet peplum, slit along the sleeves. With two stone monsters, like those from the treasure of the Atrides, standing against the door, she resembled Cybele flanked by her lions; and from the balustrade above Antipas, she cried, patera in hand:

"Long live Caesar!"

This homage was repeated by Vitellius, Antipas, and the priests.

But there came to them from the far end of the hall a hum of surprise and admiration. A young girl had entered.

Beneath a bluish veil that concealed her breast and her head could be seen her arched eyebrows, the chalcedony stones in her ears, the whiteness of her skin. A square of variegated silk covered her shoulders and was secured about her hips by a golden girdle. Her black trousers were embroidered with mandrakes, and she tapped the floor indolently with tiny slippers of humming-birds' feathers.

Up on the platform, she removed her veil. It was Herodias, as she was in her youth. Then she began to dance.

Her feet passed, one before the other, to the rhythm of a flute and a pair of crotala. Her rounded arms seemed to beckon some one, who always fled. She pursued him, lighter than a butterfly, like an inquisitive Psyche, like a wandering soul, and seemed on the point of flying away.

The funereal notes of the gingras succeeded the crotala. Prostration had followed hope. Her attitudes signified sighs, and her whole person a languor so intense that one knew not whether she was weeping for a god or dying of joy in his embrace. Her eyes half closed, she writhed and swayed with billowy undulations of the stomach; her bosoms quivered, her face remained impassive, and her feet did not stop.

Vitellius compared her to Mnester, the pantomimist. Aulus was vomiting again. The Tetrarch lost himself in a dream and thought no more of Herodias. He fancied that he saw her near the Sadducees. Then the vision faded.

It was not a vision. She had sent messengers, far from Machærus, to Salome her daughter, whom the Tetrarch loved; and it was a good idea. She was sure of that now!

Then it was the frenzy of love that demanded to be satisfied. She danced like the priestesses of the Indies, like the Nubian girls of the cataracts, like the Bacchantes of Lydia. She threw herself in all directions, like a flower beaten by the storm. The jewels in her ears leaped about, the silk on her back shone with a changing gleam; from her arms, from her feet, from her garments invisible sparks flashed and set men aflame. A harp sang; the crowd replied with loud applause. By stretching her legs apart, without bending her knees, she stooped so low that her chin touched the floor; and the nomads, accustomed to abstinence, the Roman soldiers, experts in debauchery, the miserly publicans, the old priests soured by disputes, all, distending their nostrils, quivered with desire.

Then she danced about Antipas's table, in a frenzy of excitement, like a witch's rhombus; and in a voice broken by sobs of lust he said: "Come!

coupaient, il lui disait:—«Viens! Viens!» Elle tournait toujours; les tympanons sonnaient à éclater, la foule hurlait. Mais le Tétrarque criait plus fort:—«Viens! viens! Tu auras Capharnaüm! la plaine de Tibérias! mes citadelles! la moitié de mon royaume!»

Elle se jeta sur les mains, les talons en l'air, parcourut ainsi l'estrade comme un grand scarabée; et s'arrêta brusquement.

Sa nuque et ses vertèbres faisaient un angle droit. Les fourreaux de couleur qui enveloppaient ses jambes, lui passant par-dessus l'épaule, comme des arcs-en-ciel, accompagnaient sa figure, à une coudée du sol. Ses lèvres étaient peintes, ses sourcils très noirs, ses yeux presque terribles, et des gouttelettes à son front semblaient une vapeur sur du marbre blanc.

Elle ne parlait pas. Ils se regardaient.

Un claquement de doigts se fit dans la tribune. Elle y monta, reparut; et, en zézayant un peu, prononça ces mots, d'un air enfantin:

—«Je veux que tu me donnes dans un plat... la tête...» Elle avait oublié le nom, mais reprit en souriant: «La tête de Iaokanann!»

Le Tétrarque s'affaissa sur lui-même, écrasé.

Il était contraint par sa parole, et le peuple attendait. Mais la mort qu'on lui avait prédite, en s'appliquant à un autre, peut-être détournerait la sienne? Si Iaokanann était véritablement Élie, il pourrait s'y soustraire; s'il ne l'était pas, le meurtre n'avait plus d'importance.

Mannaeï était à ses côtés, et comprit son intention.

Vitellius le rappela pour lui confier le mot d'ordre, des sentinelles gardant la fosse.

Ce fut un soulagement. Dans une minute, tout serait fini!

Cependant, Mannaeï n'était guère prompt en besogne.

Il rentra, mais bouleversé.

Depuis quarante ans il exerçait la fonction de bourreau. C'était lui qui avait noyé Aristobule, étranglé Alexandre, brûlé vif Matathias, décapité Zosime, Pappus, Joseph et Antipater, et il n'osait tuer Iaokanann! Ses dents claquaient, tout son corps tremblait.

Il avait aperçu devant la fosse le Grand Ange des Samaritains, tout couvert d'yeux et brandissant un immense glaive, rouge et dentelé comme une flamme. Deux soldats amenés en témoignage pouvaient le dire.

Ils n'avaient rien vu, sauf un capitaine juif, qui s'était précipité sur eux et qui n'existait plus.

La fureur d'Hérodias dégorgea en un torrent d'injures populacières et sanglantes. Elle se cassa les ongles au grillage de la tribune, et les deux lions sculptés semblaient mordre ses épaules et rugir comme elle.

Antipas l'imita, les prêtres, les soldats, les Pharisiens, tous réclamant une vengeance, et les autres, indignés qu'on retardât leur plaisir.

Mannaeï sortit, en se cachant la face.

Les convives trouvèrent le temps encore plus long que la première fois. On s'ennuyait.

Tout à coup, un bruit de pas se répercuta dans les couloirs. Le malaise devenait intolérable.

Come!" She danced on; the dulcimers rang out as if they would burst; the crowd roared. But the Tetrarch shouted louder than them all: "Come! come! You can have Capernaum! the plain of Tiberias! my citadels! half of my kingdom!"

She threw herself on her hands, heels in the air, and thus circled the platform like a huge scarab, then stopped abruptly.

Her neck and her vertebrae were at right angles. The coloured skirts that enveloped her legs, falling over her shoulders like a rainbow, framed her face a cubit from the floor. Her lips were painted, her eyebrows intensely black, her eyes almost terrible, and drops of sweat on her forehead resembled steam on white marble.

She did not speak. They gazed at each other.

There was a snapping of fingers in the tribune. She went up, reappeared, and, lisping a little, uttered these words with an infantine air:

"I want you to give me, on a charger... the head..." She had forgotten the name, but she continued with a smile: "The head of Iaokanann!"

The Tetrarch sank back, overwhelmed.

He was bound by his word, and the people were waiting. But the death that had been predicted to him, should it befall another, might avert his own. If Iaokanann were really Elias, he could escape it; if he were not, the murder would be of no importance.

Mannaeus was at his side and understood his intention.

Vitellius called him over to give him the password for the sentinels guarding the dungeon.

It was a relief. In a moment all would be over!

But Mannaeus was hardly prompt in the execution of his functions.

He returned, but greatly perturbed.

For forty years he had exercised the functions of the executioner. It was he that had drowned Aristobulus, strangled Alexander, burned Mattathias alive, beheaded Zosimus, Pappus, Josephus, and Antipater; and he dared not kill Iaokanann! His teeth chattered, his whole body trembled.

He had seen in front of the dungeon the Great Angel of the Samaritans, all covered with eyes, and brandishing an enormous sword, red and jagged like a flame. Two soldiers brought forward as witnesses could corroborate his words.

They had seen nothing save a Jewish captain, who had rushed upon them and who had ceased to live.

The frantic rage of Herodias burst forth in a torrent of vulgar and murderous abuse. She broke her nails on the grating of the tribune, and the two carved lions seemed to bite at her shoulders and to roar with her.

Antipas imitated her, so did the priests, the soldiers, the Pharisees, all demanding vengeance; and others indignant that their pleasure was delayed.

Mannaeus left the hall, hiding his face.

The guests found the second delay longer than the first. They were bored.

Suddenly the sound of footsteps echoed in the corridor. The suspense became intolerable.

La tête entra;—et Mannaeï la tenait par les cheveux, au bout de son bras, fier des applaudissements.

Quand il l'eut mise sur un plat, il l'offrit à Salomé.

Elle monta lestement dans la tribune: plusieurs minutes après, la tête fut rapportée par cette vieille femme que le Tétrarque avait distinguée le matin sur la plate-forme d'une maison, et tantôt dans la chambre d'Hérodias.

Il se reculait pour ne pas la voir. Vitellius y jeta un regard indifférent.

Mannaeï descendit l'estrade, et l'exhiba aux capitaines romains, puis à tous ceux qui mangeaient de ce côté.

Ils l'examinèrent.

La lame aiguë de l'instrument, glissant du haut en bas, avait entamé la mâchoire. Une convulsion tirait les coins de la bouche. Du sang, caillé déjà, parsemait la barbe. Les paupières closes étaient blêmes comme des coquilles; et les candélabres à l'entour envoyaient des rayons.

Elle arriva à la table des prêtres. Un Pharisien la retourna curieusement; et Mannaeï, l'ayant remise d'aplomb, la posa devant Aulus, qui en fut réveillé. Par l'ouverture de leurs cils, les prunelles mortes et les prunelles éteintes semblaient se dire quelque chose.

Ensuite Mannaeï la présenta à Antipas. Des pleurs coulèrent sur les joues du Tétrarque.

Les flambeaux s'éteignaient. Les convives partirent; et il ne resta plus dans la salle qu'Antipas, les mains contre ses tempes, et regardant toujours la tête coupée, tandis que Phanuel, debout au milieu de la grande nef, murmurait des prières, les bras étendus.

À l'instant où se levait le soleil, deux hommes, expédiés autrefois par Iaokanann, survinrent, avec la réponse si longtemps espérée.

Ils la confièrent à Phanuel, qui en eut un ravissement.

Puis il leur montra l'objet lugubre, sur le plateau, entre les débris du festin. Un des hommes lui dit:

—«Console-toi! Il est descendu chez les morts annoncer le Christ!»

L'Essénien comprenait maintenant ces paroles: «Pour qu'il croisse, il faut que je diminue.»

Et tous les trois, ayant pris la tête de Iaokanann, s'en allèrent du côté de la Galilée.

Comme elle était très lourde, ils la portaient alternativement.

The head entered; and Mannaeus had it by the hair, at arm's length, proud of the applause.

When he placed it on a charger, he offered it to Salome.

She ran lightly up to the tribune; some moments later the head was brought back by the same old woman whom the Tetrarch had noticed that morning on the roof of a house, and later in Herodias's chamber.

He recoiled to avoid looking at it. Vitellius cast an indifferent glance upon it.

Mannaeus descended from the platform and exhibited it to the Roman captains, then to all those who were eating in that part of the hall.

They looked at it curiously.

The sharp blade of the instrument, cutting downward, had touched the jaw. The corners of the mouth were drawn convulsively. Blood, already curdled, studded the beard. The closed eyelids were of a leaden hue, like shells; and the candelabra all about shone upon it.

It reached the priests' table. A Pharisee turned it over curiously, and Mannaeus, having turned it back again, placed it in front of Aulus, who was awakened by it. Through their open lashes the dead eyes and the lifeless eyes seemed to speak to each other.

Then Mannaeus presented it to Antipas. Tears flowed down the Tetrarch 's cheeks.

The torches were extinguished. The guests took their leave, and Antipas alone remained in the hall, his hands pressed against his temples, still gazing at the severed head; while Phanuel, standing in the centre of the great nave, muttered prayers with outstretched arms.

At the moment when the sun rose, two men, previously despatched by Iaokanann, returned with the long-awaited answer.

They confided it to Phanuel, who was enraptured by it.

Then he showed them the sorrowful object on the charger, amidst the remnants of the feast. One of the men said to him:

"Be comforted! He has descended among the dead to announce the coming of the Christ!"

The Essene understood now the words: "In order that His glory may increase, mine must diminish."

And all three, having taken the head of Iaokanann, went forth in the direction of Galilee.

As it was very heavy, they carried it each in turn.